TRA BO DAU

Tra bo dau

Ifor ap Glyn

Argraffiad cyntaf: 2016

ⓗ testun: Ifor ap Glyn 2016

Rhif Llyfr Safonol Rhyngwladol:
978-1-84527-560-0

Cyhoeddwyd gyda chymorth Cyngor Llyfrau Cymru

Cynllun y clawr: Sion Ilar
Llun y clawr: Ifor ap Glyn

Gwnaed pob ymdrech i glirio pob hawlfraint –
ymddiheuriadau os methwyd â chanfod y deiliaid bob tro.

Cyhoeddwyd gan Wasg Carreg Gwalch,
12 Iard yr Orsaf, Llanrwst, Dyffryn Conwy, Cymru LL26 0EH.
Ffôn: 01492 642031
Ffacs: 01492 642502
e-bost: llyfrau@carreg-gwalch.com
lle ar y we: www.carreg-gwalch.com

Argraffwyd a chyhoeddwyd yng Nghymru

yn gyflwynedig i'm rhieni,

Glyn a Iona

ac er cof am

Dadcu a Mamgu

William Idris ac Eluned Margaret (Peggy) Hughes

Rhan Un

*"Mae'r hon a gâr fy nghalon i
ymhell oddi yma'n byw"*

Aled
Dydd Mercher, 10 Ionawr 1979

Gweld y deintydd bore 'ma. Dim *fillings*. Dim problem.
    '*You've got an excellent set of teeth*,' medda fo.
    '*That's cos I'm Welsh!*' medda fi.
    Chwerthin wnaeth o, ond dim ond hanner jocian o'n i.
Mae'n debyg fod yr hen Gymry'n reit hoff o'u dannedd. Dyna
dwi di'i ddarllen. Nid bod nhw'n mynd â nhw lawr i'r pyb, na
phrynu presanta iddyn nhw, na'm byd fel'na, 'mond bod gynnon
nhw barch at eu dannedd. Yn ôl Gerallt Gymro, bydden nhw'n
'u llnau nhw o hyd hefo gwiail coed cyll, a'u sgleinio nhw wedyn
hefo gwlanen, nes bod nhw fel nodau gwyn ar biano Nain.

* * *

Sefyll yn ffenest tŷ Nain yn Tottenham ydi'r co' cynta sydd gen
i. Gwylio'r goleuadau traffig yn newid o'n i, yn llnau fy nannedd
yn freuddwydiol i gyfeiliant y coch, melyn a gwyrdd ... Rhyw
dair oed o'n i, mae'n debyg, a Nain yn fy ngwarchod i tra oedd
Mam yn cael trin ei dannedd yn Stamford Hill. Yn absenoldeb
Mam, roedd Nain wedi rhoi brws dannedd i 'nghysuro i, 'yn
ernes o'i dychwelyd hi', a minnau'n mynnu sefyll ar ben cadair
yn y ffenest i wneud yn siŵr bod hi'n dod yn ei hôl ...
    Wrth gwrs ddoth hi ddim ...
    Bydda i'n meddwl weithia am blant bach Urien Rheged wrth
borth y llys, yn sbio'n llesmeiriol tua'r gorwel, i gyd yn brwsio'u

dannedd hefo'u ffyn bach, wrth drio gesio pryd y daw Tada 'nôl, 'o'r drin draw' ...

Mae'n dda gen i feddwl fod 'na nid yn unig lond ceg o Gymraeg yn gyffredin rhyngof i a'r hen Gymry hynny, ond hefyd lond ceg o ddannedd. Wedi'r cyfan, 'mond Cymro go iawn fasa'n brwsio'i ddannedd yn reddfol yn dair oed er mwyn pasio'r amser!

* * *

Ddwy flynedd wedyn, cychwynnais i yn yr ysgol. Roedd Lloegr newydd ennill Cwpan y Byd. Un amser cinio wrth y ffynnon ddŵr yn yr iard, ddudis i wrth Charles Fletcher 'mod i'n Gymro.

'No yah not, Aled.'

'Yes I am.'

'You carn be, you wuz born in London.'

'But I can speak Welsh, carn I?'

'Go on, say sumffin in Welsh then!'

'Eintad-yrhwnwyt-ynynefoef, sancteifia-dyenw ...'

'Wossat mean then?'

'It's me padar. Thass whatcha gotta say before ya go to bed.'

'I know how to say "un, duh, twa, cat," but that don' mean I'm French, do it?'

* * *

Bob ha' bydden ni'n mynd fel teulu i aros hefo chwaer Nain yn Llanrwst.

'Sais bach 'di hwn, ia?'

'Naci wir,' byddai Dad yn ei ddweud, yn achub fy ngham.

'Dow! A chitha'n byw yn Llundain! Chwara teg ynde!'

Bob tro yr un syndod, nes y byddwn i'n gwingo o embaras. Wedyn bydden nhw'n plygu lawr ata i a dweud:

'Hwnda. Swllt i ti brynu fferis.'

'Diolch yn fawr.'

A bydden nhw'n codi'u hwynebau 'nôl at Dad yn llawn rhyfeddod, fel taswn i newydd roi englyn ar y pryd, yn hytrach na thri gair digon swta o swil.

'Wedi'i eni a'i fagu yn Llundain, cofiwch, ac yn siarad mwy o Gymraeg na lot yn 'dre 'ma.'

Bod yn glên oeddan nhw ... ond roeddan nhw'n gwneud i mi deimlo'n wahanol ... a to'n i ddim isio teimlo'n wahanol ... ddim yng Nghymru beth bynnag ...

* * *

Rhyfedd mai'r peth cynta dwi'n ei gofio ydi tŷ Nain, a'i llais hi'n bell, bell, yn galw, 'Aled! Aled?'

... Ond do'n i ddim yn gwrando ... Ro'n i wedi dringo ar ben cadair er mwyn sbio drwy'r ffenest. Roedd fy nghorff ar un ochr i'r gwydr, ond roedd fy meddwl ar yr ochr draw, a'm llygaid yn sugno prysurdeb y ddinas fel sbwng. Ro'n i'n syllu ar y goleuadau traffig yn newid, gan llnau fy nannedd yn freuddwydiol i gyfeiliant y coch, melyn a gwyrdd ...

* * * * *

Eddie
Dydd Sul, 15 Ionawr 1989

Bore annisgwyl o braf yn Ionawr. Môr o adeiladau yn llonydd ar ôl gwyntoedd cryfion nos Sadwrn. Ambell unigolyn yn cario papur dydd Sul fel broc môr ar ôl y storm. Prinder pobl yn pwysleisio gwacter y strydoedd. Uwch eu pennau codai'r hen warysau fel petaent yn tyfu'n ofer tua'r haul gaeafol.

I fyny ar drydydd llawr un ohonynt, agorwyd ffenest. Rhywun isio awyr iach ond ddim am oedi wrth y ffenest chwaith.

Yn yr ystafell, ciliodd Eddie 'nôl o'r ffenest lachar, ac eistedd yn noeth ar ochr ei wely, a'i ben yn ei ddwylo. Petai ganddo blu, basa'i ben yn rheina hefyd. Roedd o isio cysgu mwy ond roedd cwrw neithiwr yn pwyso arno fo braidd. Crafodd ei ben ac ogleuo ei fysedd wedyn, mewn un symudiad difeddwl. Crychodd ei drwyn yn syth. Roedden nhw'n drewi o oglau mwg sigaréts.

Doedd Eddie ddim yn smocio. 'Rioed 'di gwneud. Cododd ei jîns o'r llawr a'u hogleuo. Yr un hen oglau afiach yn llenwi'i ffroenau. Estynnodd ei hancas, a'i drôns, o garcas ei jîns a chladdu ei wyneb ynddynt, er mwyn cadarnhau ei amheuon. Sawr chwerw ashtrês eto.

Roedd yn destun rhyfeddod iddo sut y gallai hyd yn oed hancas a thrôns fynd i ddrewi o fwg ar ôl noson fawr. Wedi'r cyfan, doedd dim cof ganddo o chwythu'i drwyn o gwbl drwy'r nos; doedd hi ddim yn arferiad ganddo dynnu ei drowsus mewn mannau cyhoeddus chwaith. Tybed oedd 'na gymylau bach o'r mwg felltith yn hongian o gwmpas yn y toiledau, yn barod i sleifio mewn drwy'i falog, neu'n hofran yn ymyl y bar er mwyn plymio i'w boced pan fyddai o'n codi peint?

Fyddai o byth yn sylwi ar y mwg ar y noson ... doedd 'run o'r tafarnau roedd o wedi ymweld â nhw'r noson cynt wedi ymddangos yn fyglyd ar y pryd ...

Felly pa un oedd yn gyfrifol? The Horse and Woodbine? The Silk Cut Arms? Neu'r Prince Rothmans?! Roedden nhw i gyd cynddrwg â'i blydi gilydd ... ddylai o wybod yn well ...

Rhyw feddyliau piwis fel'na oedd yn pwyso ar ddyn ar ôl goryfed. Roedd Eddie'n teimlo'n flin yn erbyn y byd y bore hwnnw. Ac rŵan, wrth eistedd ar erchwyn ei wely, rhaid oedd trio penderfynu a allai o stumogi rhoi ei gorpws bregus yn y dillad drewllyd 'ma, ac anadlu'r cyfan eilwaith ...

Roedd o'n casáu mwg. Llwythodd ei ddillad i fin-bag du, ac ar ôl tynnu ei grys glân ola o'r unig gwpwrdd yn y stafell, cychwynnodd hi am y londarét. Heibio'r beics ar y landing a thrwy'r drws dur, allan i Sul heulog ar strydoedd Wapping. A chân yr adar to yn chwerw ac yn galed, fel *aspirins* yn ei ben ...

Benito's Laundromat, golcha fi'n lân.

* * * * *

Aled
Dydd Sul, 21 Ionawr 1979

Penderfynais fynd i'r capal heno. Cyrraedd yn fwriadol hwyr er mwyn sleifio i sêt gefn heb wynebu'r 'Cyfarchion Chwilfrydig' ac er mwyn dianc o'na'n reit ulw handi ar y diwedd rhag gorfod wynebu'r 'Cwestiynau Cyfeillgar'. Canys fy nhad a gefnodd ar yr addoldy ers tro byd, a dwinna 'di mynd yn ddigon slac ers i Nain farw.

Nain fyddai'n mynd â fi i'r ysgol Sul bob pnawn Sul, waeth be oedd y tywydd. Cerdded i'r stesion, trên i Wembley Park, newid yn fanno a Bakerloo i Willesden Green.

Ro'n i'n mwynhau a dweud y gwir, er 'mod i'n cwyno digon am y daith, yn enwedig tra o'n i'n disgwyl am y trên bach coch yn Wembley Park. Roedd platfforms yr orsaf honno fel twmffat enfawr i holl wyntoedd y gaea, a dim blewyn o gysgod yn unman.

'Sut wyt ti mor rhynllyd, Aled bach?' rhyfeddai Nain, 'mae dy waed di'n dewach na f'un i, i fod!'

'Oes rhaid i ni fynd i'r ysgol Sul, Nain?'

Ac wedyn byddai hi'n dweud pa mor braf oedd hi arna i, a hithau'n gorfod mynd dair gwaith bob Sul pan oedd hi 'run oed â fi yn tyfu fyny'n Llanrwst. Ond do'n i'm yn gwrando. Byddwn i'n edrych ar y c'lomennod budr yn petrusgamu ar draws y platfform cyn pigo rhyw friwsionyn ar y llawr, achos o'n i 'di clywed y bregeth yma droeon o'r blaen.

Cofiaf un tro i mi gwyno wrthi am yr oerfel ar y stesion, a dyma hithau'n dweud wrtha i:

'Smalia 'fod ti'n gynnas 'ta.'

Edrychais yn hurt arni.

'Clyw cynnas 'di hi rŵan,' meddai, gan estyn ei dwylo tuag at hysbyseb anferth am *smokeless coal* yr ochr draw i'r trac. Rhwbiai ei dwylo, fel petai hi'n eu c'nesu nhw o flaen tân go iawn.

'O Nain!' meddwn inna, a'm llais yn llawn embaras, ond

roedd hi'n dipyn o actores; gallwn i'n hawdd gredu ei bod hi'n twymo go iawn o flaen y llun. Yn enwedig pan fyddai hi'n troi ata i a rhoi winc, cyn troi 'nôl at y poster a rhwbio'i dwylo eto. Do'n i ddim yn dda am ddweud celwydd. Gallwn reoli fy llais ond byddai gwrid fy wyneb yn fy mradychu i bob tro ...

'Tyrd 'wan, gwna ditha 'run fath.'

Ac er gwaetha fy hun, mi faswn i'n gwneud. Mae'n rhaid ein bod ni'n edrych yn od iawn, ond yn ffodus i ni'n dau, chydig iawn o bobl fyddai o gwmpas ar bnawn Sul ar stesion Wembley Park.

Roedd 'na un gaea pan aeth oerni Wembley Park yn angof am gyfnod. Tua wyth o'n i. Roedd Charles Fletcher wedi dechrau casglu pacedi sigaréts gwag ac ro'n i'n ei helpu fo. Bob pnawn, ar y ffordd adra o'r ysgol, bydden ni'n dilyn trywydd gwahanol bob tro, er mwyn ymbalfalu mewn biniau a chadw llygad barcud am drysorau ochr lôn.

'Lle ti 'di bod mor hir?' gofynnai Nain.

'Hefo Charles Fletcher,' meddwn i, oedd yn berffaith wir ac felly ddim yn peri imi gochi. Ac wrth gwrs, yn ei dŷ yntau oedd y casgliad yn cael ei gadw, dan 'gwely, o olwg ei fam, felly doedd 'na ddim tystiolaeth yn fy erbyn i yn tŷ ni chwaith. Ond roedd hi'n amau rhywbeth, dwi'n siŵr.

Mae'n rhyfedd gen i, felly, na ches i gopsan ganddi yn gynt, achos bob Sul byddwn i'n cael rhyw helfa ryfedda, a hynny reit o dan ei thrwyn.

Roedd biniau'r *Underground* yn llawer mwy *cosmopolitan* eu cynnwys na'r hyn y caen ni hyd iddo rhwng yr ysgol a'n stryd ni. Peter Stuyvesant. Players No.3. Gauloises. Sobranie. A chan ein bod ni'n gorfod newid trên, roedd 'na gyfle felly i ymweld â dwy set o finiau, a chael hyd yn oed mwy o ddewis.

Y gamp oedd crwydro o olwg Nain ar y platfform, pwyso a 'nghefn at un o'r biniau (rhag ofn fod rhywun arall yn sbio) ac yna dechrau chwilota, gan fwrw ambell gip dros fy ysgwydd i gadw 'mysedd rhag ymdrybaeddu mewn gwm cnoi neu wlybaniaeth. Pe cawn i hyd i ryw drysor, roedd rhaid sleifio'r bocs dan gledr fy llaw i mewn i boced fy nghôt gaberdîn. Wedyn, crwydro 'nôl at Nain cyn iddi ddechrau poeni 'mod i'n rhy hir o'i golwg.

'Ddim yn oer heddiw felly?'

'Na ... mae mynd am dro bach yn helpu cadw chi'n gynnas, tydi Nain?'

'Yndi 'ngwas i – ond tendia di fynd yn rhy bell 'wan, cofn inni golli'r trên.'

'Wna i ddim.'

Ac i ffwrdd â fi eto.

Anti Ceri, yr athrawes ysgol Sul, wnaeth 'y nal i yn y diwedd – a sbragio wrth Nain. Disgynnodd un o'r pacedi o 'mhoced i wrth wisgo 'nghôt yn barod i fynd adra o'r capal. Roedd Anti Ceri'n meddwl 'mod i 'di bod yn smocio, wrth gwrs.

Roedd Nain yn llai blin pan ddalltodd hi mai jest 'u casglu nhw o'n i, ond doedd na'm gobaith caneri o gael cario 'mlaen i gasglu wedyn ganddi hi.

'Mae'n ddigon drwg goro gwneud hefo mwg dy dad ar hyd y lle, a'i ashtrês isio'u gwagio, heb i titha ddechra hel sbwrial pobl erill i'r tŷ – ych a fi!'

'Ond yn tŷ Charles Fletcher mae'r ...'

'Hisht 'wan. Mae Nain 'di deud.'

A dyna ddiwedd arni. Ac yn dawel bach, dwi'n meddwl 'mod i'n falch o gael mynd i'r ysgol Sul heb wrido, heb orfod poeni am gael cop unrhyw funud. Gallu edrych i fyw llygaid Nain, heb ofni iddi ddarllen celwydd ar fy ngwep ...

* * *

Hanes Joseff yn rhoi'r cwpan yn sach Benjamin oedd y darlleniad gawson ni yn capal heno:

Hwythau a frysiasant ac a ddisgynasant bob un ei sach i
i lawr, ac a agorasant bawb ei ffetan.

A dyma 'meddwl i'n dechrau crwydro wrth gofio dynion Customs yn agor ein bagiau pan aethon ni am wyliau unwaith i Ffrainc. Roedd Dad wedi meddwl dod â mwy o sigaréts nag yr oedd hawl ganddo fo wneud, ond wedi penderfynu peidio ar y munud olaf, diolch i'r drefn. 'Faswn i byth yn gwneud smyglar,' medda fo wedyn.

Na finna chwaith, meddyliais, wrth blygu pen ar ôl y darlleniad o'r Beibl. Yna, canu a gweddïo am awr, mewn ymgais i smyglo ychydig o ras Duw allan o'r oedfa o dan fy nghôt ...

*   *   *   *   *

Eddie
Dydd Mawrth, 24 Ionawr 1989

Camden Town. Ffrwydrodd trên llawn o'r twnnel i mewn i'r orsaf.

Eddie oedd y cynta i mewn i'r cerbyd, ac aeth fel llysywen i'r sêt wag agosa. Llifodd gweddill y dorf i'w lleoedd ar ei ôl. Caeodd y drysau ac ailgychwynnodd y trên gyda herc bach. Wrth iddo gyflymu, ymddangosai'r bobl ar y platfform fel petaen nhw'n cael eu tynnu o'na gan law anweledig. Cipiwyd un ymaith, dau, deg, dwsinau, cyn i'r twnnel gael ei dynnu fel llawes sydyn dros y sioe.

Blinciodd Eddie ac ailffocysu ar ei adlewyrchiad yn y ffenest ddu tu ôl i'r bobl gyferbyn. Roedd cêbls ar wal y twnnel yn rhedeg fel sgôr miwsig tu ôl i'w pennau. Roedd eu pennau fel hen nodiant ar y sgôr. Caeodd Eddie ei lygaid a gwrando ar ryddm y trên yn dyrnu ar hyd y cledrau cyson.

Mewn munud, byddai'r ffenest yn ffrwydro'n lliwiau neon wrth i'r llawes gael ei thynnu 'nôl, a datgelu streipiau o liw fyddai'n troi'n gyrff-yn-chwipio-heibio, cyn arafu'n ddillad ar gyrff a wynebau penodol, hefo llygaid fyddai'n ceisio canfod y seti gwag cyn i'r trên stopio hyd yn oed.

Am ennyd cyn i'r drysau agor, edrychai Eddie 'nôl arnyn nhw, gan deimlo fel petai o'n ddymi mewn ffenest siop yn gwylio pobl y stryd yn rhythu i mewn arno, ac yntau'n astudio eu hawydd noeth i brynu ac i berchnogi.

Agorodd y drysau gan chwalu'r foment ...

Byddai'r hen lawiau yn gwybod yn union lle i sefyll ar y platfform, fel bod un o ddrysau'r trên yn ymagor yn syth o'u blaenau, a nhwthau'n cael mantais wrth hela seti. Roedd yn ddigon hawdd. Byddai Eddie yn gwneud hyn ei hun.

Greddf dyn ydi hela. Ond roedd hi'n hawdd yn Llundain. Yn lle nafigetio gyda'r sêr a ffroeni anifeiliaid ar y gwynt, y cyfan oedd rhaid ei wneud oedd sefyll gyferbyn â rhyw hysbyseb benodol, a byddai'r drws yn agor, yn syth o dy flaen.

Wrth gwrs, roedd rhaid wedyn peidio â *dangos* eich bod chi'n gwneud dim byd mor anfoneddigaidd â chipio sêt. Rhaid cyflawni'r weithred heb ruthro, rhag colli wyneb. Trenau tanddaearol Llundain ydi un o gadarnleoedd yr ethos amatur Seisnig; y gamp ydi rhagori heb i'r peth ymddangos yn ymdrech o fath yn y byd. Ond mae'r un hen reddf gyntefig yn dal yno dan yr haenau o barchusrwydd.

King's Cross. Newid i'r Circle Line.

Trên yn cyrraedd yn syth, ond dim lle i eistedd.

Dyma Eddie'n sefyll wrth y drws felly a sodro'i fag lawr rhwng ei goesau, fel merch mewn disgo. Disgo anferth oedd y cyfan, yn gyforiog o ddefodau bach cymdeithasol, a'r cyfan i gyfeiliant rhyddm y ddinas. Un droed i mewn. Mynd i'r gwaith. Un droed allan. Adra'n ôl. Gafael yn y person nesa atoch chi a'i throi mewn cylch.

'Wyt ti'n dod yma'n amal?'

'Bob diwrnod nes bydda i'n 65 ...'

Nesa at Eddie roedd dyn tal mewn siwt dywyll. Roedd dandryff ar ei goler ac roedd o'n darllen y *Daily Telegraph* wedi'i blygu ar ei hyd, fel y gallai ei ddal yn agos at ei gorff. 'Salvador Dali dies aged 84.'

Gwreiddioldeb anhygoel yr artist wedi'i grynhoi'n *obit*, a'i atgynhyrchu mewn miloedd o bapurau newydd o dan strydoedd Llundain. Fel tuniau sŵp Warhol.

Swreal efallai. Ond prin fod hynny'n cymharu â swrealaeth feunyddiol y daith i'r gwaith, lle does neb yn edrych ar ei gilydd. Nac yn siarad.

Farringdon.

Cododd Eddie ei fag, a gwthio a stwffio'i ffordd allan o'r trên. Ymunodd â'r llif allan o'r orsaf, 'nôl i fyny at lefel y stryd. Edrychodd i fyny at yr awyr fel dyn yn chwilio am alibi, cyn ei 'nelu hi am y de, gan blymio i gerrynt Holborn a'i cariai i'w waith ar waelod Ludgate Hill.

* * * * *

Aled
Dydd Mercher, 24 Ionawr 1979

Fuodd Dad erioed yn un am wylio lot o deledu, a gyda'r nosau byddwn ni'n aml yn eistedd wrth y bwrdd mawr, fi yn un pen yn gwneud fy ngwaith cartre ac yntau'n y pen arall yn darllen neu'n marcio traethodau, hefo sigarét yn ei law, a llen ysgafn o fwg yn ein gwahanu. Weithiau, byddwn ni'n digwydd codi ein llygaid yr un pryd ac yn edrych ar ein gilydd fel dynion mewn breuddwyd, cyn i un ac yna'r llall ymysgwyd o'i fyfyrdod a gwenu.

* * *

'Dwi 'di darllen mwy wrth y bwrdd yma nag yn unrhyw le arall,' meddai Dad un noson, 'ond dyna fo, unig blentyn o'n i, fatha chditha ...'

Daeth y bwrdd o dŷ Nain a Taid yn Tottenham, pan symudodd Nain i fyw aton ni, a byddai hi'n rhoi polish iddo bob wythnos. Mae ei hôl hi arno fo o hyd, ac nid yn unig o ran y sglein. Gaeaf diwetha, ar ddiwrnod clir, a'r haul yn isel yn yr awyr, mi sylwais i fod 'na ambell air i'w weld ar wyneb sgleiniog y bwrdd lle roedd beiro wedi pwyso'n rhy drwm ... a Nain oedd biau'r sgwennu!

'Cyw iâr' oedd y geiriau cynta a welais i. Hithau wedi dechrau sgwennu rhestr negas, mae'n debyg, cyn cofio estyn rhywbeth trwchus i'w roi dan ei phapur. Ac wedyn, rhyw chwe modfedd i ffwrdd roedd dau air arall: 'Dydd Mercher'. Dechrau llythyr, mae'n debyg, ond at bwy tybed? Edrychais yn awchus am fwy o eiriau ond dim ond 'cyw iâr' a 'Dydd Mercher' allwn i eu gweld.

Daeth Dad mewn a 'nghanfod i'n craffu'n ofalus ... ar fwrdd gwag.

'Be ti'n neud?'

'Ylwch! Sgwennu Nain.'

Dangosais y man lle roedd y geiriau wedi'u sgythru'n ysgafn i'r pren, ac estynnodd flaen ei fys i gyffwrdd â nhw'n dyner.

'Wel, wel – sylwis i 'rioed ar rheina o'r blaen.'

'Negeseuon o'r gorffennol ...' medda fi. Cododd ei ben ac edrych arna i, ei wyneb yn gysgod i gyd yn erbyn haul ola'r pnawn. Eiliad tyner o berthyn. A cholled.

Gan 'mod i'n gorfod crychu'n llygaid i sbio arno fo yn erbyn y ffenest lachar, a hynny'n anghyfforddus braidd, fi wnaeth chwalu'r foment a newid trywydd y sgwrs. Gan drio cadw fy llais yn ddwys, gofynnais:

'Dach chi'n meddwl mai dyna 'di ystyr bywyd, Dad? (*saib*) ... "Cyw iâr" a "Dydd Mercher"?'

Chwarddodd a symud allan o'r golau.

'Dyna'r union fath o beth gwirion 'sa dy nain yn ei ddeud!'

* * *

Heno, wrth eistedd yn un pen i'r bwrdd, a Dad yn smocio-marcio yn y pen arall, dwi'n olrhain y geiriau hynny hefo fy mys. Efallai bod nhw *yn* dweud rhywbeth am ystyr bywyd, neu o leia, ystyr bywyd Nain ei hun. 'Cyw iâr', er enghraifft, yn arwydd o'i gofal ohonom efallai ... A 'Dydd Mercher'? 'Dydd Mercher ydi be sy'n digwydd, tra wyt ti'n disgwyl am ddydd Iau.'

Argol. Dwn i'm o lle ddoth hwnna rŵan. Dyna'r union fath o beth nid-mor-wirion-â-hynny y basa Nain yn ei ddweud. Mae'r traddodiad teuluol yn parhau.

* * * * *

Eddie
Dydd Iau, 26 Ionawr 1989

Eddie'n cerdded i'r gwaith. Ar *auto-pilot*. Yn torri'i gŵys drwy'r dorf wrth waelod New Change. Eglwys gadeiriol St. Paul's yn ymgolli yn y niwl boreol uwch ei ben. Roedd o'n bell i ffwrdd, yn cofio cerdded strydoedd Llandudno ers talwm. Cofiodd ffarmwr o ochrau Glanwydden yn dweud wrtho fo ryw dro ei fod o wedi bod yn 'capseisio cae'. Aredig oedd o'n feddwl. Ond wedyn, doedd y môr byth yn bell yn Llandudno.

Eddie'n cerdded yn ei flaen, a'r syniadau newydd yn disgyn fel gwylanod i'r cwysi lle bu tractor ei feddwl yn aredig ...

Croesi un o'r lonydd bach sy'n aberu i mewn i Ludgate Hill. Fan bost yn troi mewn yr un pryd, heb wneud arwydd, ac yn fflachio heibio'n haerllug o goch, a'r injan yn gweiddi trwy'r gêrs. Eddie'n cymryd cam yn ôl jest mewn pryd. Y gyrrwr yn ysgwyd arddwrn allan o'r ffenest, a'i fys a'i fawd yn ffurfio cylch.

Eddie'n teimlo dicter cyfiawn yn codi o'i fol, mor sydyn â sosban lefrith yn berwi drosodd:

'FI??!! *CHDI* 'DI'R WANCAR!!!'

Ond ddywedodd o ddim byd. A beth bynnag, roedd y fan wedi diflannu erbyn hyn, yn anelu am Mount Pleasant fel cath i gythraul. Dechreuodd Eddie ddychmygu rhyw olygfa fach, fel golygfa mewn ffilm. Dychmygai ei hun yn digwydd taro ar y gyrrwr hwn mewn tafarn. Roedd y gyrrwr yn ymlacio yno yn ei lifrai, gyda'i gariad am y bwrdd ag o. A byddai Eddie yn camu i mewn yn hyderus ac yn ei dynnu'n g'ria o flaen ei gariad, a'i dafod yn chwip. 'Dwyt ti ddim yn ffit i ddreifio, y coc oen!' Gwenodd wrth feddwl am hyn.

Wrth gwrs, tasa fo'n digwydd taro arno fo go iawn, 'sa gynno fo mo'r syniad cynta be i ddweud 'tha fo. Roedd Eddie wastad yn rhy ara deg yn dweud ei feddwl. Yn ei ddychymyg, byddai bob tro'n ffraeth, achos yn ei ddychymyg gallai bwyso a mesur ei eiriau, a hogi'r dweud trwy ailchwarae'r olygfa yn ei ben drosodd a throsodd, nes taro ar yr union *riposte* fyddai'n gweddu i'r achlysur. Yn anffodus, erbyn iddo wneud hynny byddai'n bum munud yn ddiweddarach a'r digwyddiad gwreiddiol yn angof gan bawb ond y fo ...

Fel rŵan.

* * * * *

Aled
Dydd Gwener, 26 Ionawr 1979

Ar ôl neidio i'r trên a bachu sêt, mi setlais i ddarllen *Y Faner*. Byddai Nain yn ei gael o bob wythnos drwy'r post pan oedd hi'n byw hefo ni – a dwi newydd ddechrau gwneud 'run fath.

Pan fo dyn yn byw mewn sybyrb fel Pinner, mae'n anorfod y bydd yn treulio llawer o'i amser ar y trên. Wedi'r cyfan, egwyddor sylfaenol y maestrefi ydi 'byw yn un lle ond gweithio mewn lle arall'. Mae tair miliwn o bobl yn defnyddio'r bysus a'r trenau bob dydd yn Llundain – o'n i'n un ohonyn nhw pan o'n i'n mynd i'r ysgol a'r coleg chweched dosbarth bob dydd, a dwi'n dal i fod yn un ohonyn nhw rŵan, yn fy mlwyddyn rydd cyn mynd i'r brifysgol.

Pan o'n i'n iau, byddwn yn trin y trenau fel petawn i'n arglwydd ar y cyfan. Wrth newid lein, yn lle cael fy nghario yn amyneddgar yn rhan o'r dorf, byddwn i'n chwarae 'Alfa Romeo'; sef symud trwy'r traffig dynol fel car chwim yn cyflymu ac yn arafu yn ôl y gofyn, er mwyn symud yn gynt trwy'r dorf. Newid lôn yn sydyn wrth weld bwlch, ond gofalu peidio crafu paent yn erbyn yr un o'r teithwyr eraill, wrth dorri mewn yn annisgwyl ar eu llwybr.

Be sy'n dychryn dyn ydi faint o amser y mae o'n ei dreulio ar y trên – yn fy achos i, rhyw chwech neu saith awr yr wythnos. Neu, o'i rhoi hi mewn ffordd arall, dros bythefnos mewn blwyddyn! Penderfynais fod rhaid i mi wneud rhywbeth call hefo'r holl amser 'ma, rhywbeth adeiladol – felly mi wnes i archebu'r *Faner*. Tri mis o danysgrifiad am £11.70 – ges i'r pres gan Dad. Mae gormod o bethau gwyddonol at fy nant i, ond dwi'n dysgu tomen o eiriau newydd.

Pan fydda i wedi gweithio fy ffordd trwy'r *Faner*, mi fydda i'n licio pori yn yr *Hitch-hiker's Guide to Europe*. Yn ôl y llyfr, 'ardal y Ruhr yn yr Almaen yw twll din y byd o ran bodio', ac mae 'na 'faes parcio handi yn Lyon lle gelli di gysgu'. Dwi'n casglu tips a syniadau ar gyfer trip yr ha' 'ma hefo Mandy; a'r bwriad ydi hel digon o gelc cyn mynd, fel bod dim rhaid i'r un ohonon ni 'werthu gwaed yn Sbaen am fil o besetas am hanner litar'!

* * * * *

Eddie
Dydd Gwener, 27 Ionawr 1989

Pump o'r gloch. Roedd Eddie ar ei ffordd i'r stesion gan gerdded yn gyflym.

Pasiodd stondin *Evening Standard* a'r gwerthwr yn gwerthu dau gopi 'run pryd, un o bob llaw, gan roi newid hefyd, wrth i'w gwsmeriaid sgubo heibio. Octopws o weithiwr; tybed oedd o'n medru chwarae'r drymiau?

Prynodd Eddie bapur a'i ddarllen wrth gerdded.

Yn ôl y *Standard*, roedd Prifysgol Minnesota wedi gwneud ymchwil oedd yn dangos y gellid treulio cymaint â blwyddyn gyfan o'ch bywyd yn chwilio am bethau sydd wedi mynd ar goll.

Caeodd ei bapur er mwyn gallu cerdded yn gynt. Mae Llundeinwyr yn cerdded yn sydyn iawn. Mae'r cant a mil o wahanol fusnesau sydd yn Llundain yn peri fod pobl yn prysuro hwnt ac yma, ond weithiau, byddai Eddie'n meddwl tybed ai'r prif fusnes oedd y traffig ei hun? Efallai nad arferion dynol oedd yn gyfrifol am yr holl ruthr, ond yn hytrach rywbeth mwy gwaelodol, mwy elfennol ... y ddinas yn meddu ar ryw rym ei hun?

Ond un o'r pethau rhyfedd am y ddinas ydi'r ffordd y gallwch hefyd droi allan o ddwndwr y prif strydoedd, a chael eich hun o fewn dim mewn llecyn diarffordd, annaturiol o dawel.

Dyna wnaeth Eddie yn awr gan droi allan o Lombard Street, i mewn i ale dywyll, gul. Arafodd, a stopio er mwyn edrych o'i gwmpas. Ar y brics oedd yn ddu gan huddyg; ar y ffenest fechan yn uchel i fyny yn y wal uwch ei ben. Yn uwch i fyny eto, roedd yr awyr fel streipen oren-ddu, a'r adeiladau du yn cau amdani fel gefel.

Mewn cilfachau fel hyn, roedd Eddie wastad yn teimlo fod ysbrydion gorffennol Llundain yn agos; roedd o'n cerdded hen rigol, yn dilyn hen batrwm rhagordeiniedig. Bron y gallai glywed lleisiau'n sibrwd tu ôl i'r waliau du. Dyna pam ei fod o wastad yn dewis mynd trwy'r strydoedd cefn pan gâi'r cyfle, er mwyn anadlu gyda'r ddinas, a sawru'i hanes hir, wrth synfyfyrio. Llyncodd ei boer. Gwrandawodd arno'i hun yn anadlu. Ochneidiodd yn dawel a dechrau cerdded eto, cyn diflannu o'r ale yn ôl i ruthr a sŵn Cannon Street.

* * * * *

Aled
Dydd Sadwrn, 3 Chwefror 1979

Roedd criw ohonon ni mewn tafarn yn Camden Town, y rhan fwya o'r coleg chweched dosbarth ac ambell un fel fi oedd wedi gadael. Ro'n i'n ista yn y gongl, nesa at Mandy, a gan 'mod i'n ista ar ongl, ro'n i'n gallu edmygu'i hysgwyddau, heb i'r peth fod yn rhy amlwg. Roedd strapiau ei bra yn wyn yn erbyn ei sgwyddau lliw coffi, fel lôn gyfrin ar fap, cyn diflannu o'r golwg; ac roedd fy mysedd yn ysu i gerdded ar hyd y lôn ... Roedd pobl yn siarad, ond rywsut roedd ysgwydd Mandy'n fwy real na geiriau'r sgwrs.

Yn sydyn, dyma law yn gwasgu 'mhen-glin.

'*You're quiet* – be sy?' sibrydodd Mandy.

'*Nothing ...*' me' fi, 'jest mwynhau sbio ar dy sgwydda ydw i.'

'*You can enjoy them later* – dos i godi rownd.'

'*Promises, promises,*' medda fi, gan geisio swnio'n ddidaro. Codais ar 'y nhraed, cyn anelu'n ufudd am y bar.

* * *

Unwaith rwyt ti wedi cael rhyw, mae'n anodd cofio gymaint o obsesiwn oedd o cynt. Cyn i mi fynd i'r coleg chweched dosbarth a chyfarfod â Mandy, ro'n i mewn ysgol ramadeg i hogia, ac ro'n i'n meddwl am ryw trwy'r amser. Byddai hogan mewn sgert yn croesi'i choesau ar y trên yn ddigon i wneud i mi groesi 'nghoesau innau i guddio codiad. Hysbysebion *corsets*, tudalennau *lonely hearts*, yr hanesion am achosion *indecent exposure* yn y papur boreol, roeddan nhw i gyd yn gallu rhoi min i mi.

O edrych 'nôl, be sydd fwya rhyfeddol am yr obsesiwn 'ma ydi cyn lleied o'n i'n wybod go iawn. On i'n desbrat i wybod mwy, ond sut? Allet ti ddim gofyn i dy fêts – achos oeddet ti *i fod* i wybod yn barod, ac roedden ni i gyd fel *piranhas* o ddidrugaredd, yn pigo ar wendidau ein gilydd. Dwi'n cofio Andy Fitzpatrick, er enghraifft, yn arddel rhyw locsyn clust trwchus du – nes iddo flino ar bawb yn ei sbeitio:

'Oi, Andy! ... Seidars 'di 'heina, neu 'ti ar y ffôn?'

Byddai cyffesu anwybodaeth rywiol ganwaith gwaeth.

Yn y drydedd flwyddyn, roedden ni i gyd yn gorfod ymweld fesul dwsin â swyddfa'r prifathro, er mwyn iddo fo roi sgwrs i ni am '*the facts of life*', ac roedd cryn edrych ymlaen at gael ein goleuo, a chryn arswydo at y syniad mai'r prifathro fyddai'n datgelu'r cyfrin bethau hyn. Pan ddaeth yr amser i ni fynd i mewn, treuliais i'r chwarter awr cyfan yn edrych ar fy sgidiau – 'run fath â phawb arall, dwi'n amau. Wrth gwrs, ddaru o ddatgelu fawr ddim oedd yn newydd i ni, dim ond siarad yn athronyddol am 'brydferthwch priodas', ac 'anrhydeddu dy wraig hefo dy gorff'. Ar y diwedd, dywedodd fod gynno fo bamffledi hefo mwy o fanylion, petai rhywun yn dymuno cymryd un. Gosododd nhw'n bentwr bychan ar ei ddesg o'n blaenau, cyn dod â'r sesiwn i ben a'n gollwng ni allan. Wrth gwrs, doedd neb yn mynd i gymryd pamffled oddi ar ei ddesg o, reit o dan ei drwyn o, mwy nag y basat ti'n cerdded rownd yr ysgol hefo 'dwi'n chwarae hefo fy hun bob nos' wedi'i sgwennu mewn beiro ar dy dalcen.

*   *   *

Ffwcio. *Give her a length*. Mynd ar ei chefn hi. Roedd cymaint o eiriau ac ymadroddion i ddisgrifio'r wedd hon ar berthynas dau, a'r geiriau gan amlaf yn eiriau caled eu sain, ac anghariadus eu naws. Ond yn yr ysgol, pan oeddwn i'n un ar bymtheg, a'r plorod fel *Braille* ar fy ngên, roedd rhyw gyfaredd i'r geiriau hyn, rhyw swyn ryff oedd yn gwneud yn iawn, i ryw raddau, am fod tu allan i'r Gyfrinach Fawr o hyd. Ac ar ôl oriau ysgol, wrth luchio geiriau fel hyn yn ofalus o ddiofal o gwmpas bwrdd llawn peintiau anghyfreithlon, o leia gallwn i deimlo 'mod i'n rhan o'r Gyfrinach Fawr, yn rhan o'r Frawdoliaeth Oedd Wedi ... er 'mod i Heb ...

Wrth i hogia eraill ddechrau pario i fyny hefo genod, ro'n i'n teimlo'n gynyddol ddesbrat 'mod i'n colli allan. Ddechreuais i ffantaseiddio'n wirion. Beth petawn i'n stopio genod ar y stryd a gofyn iddyn nhw gysgu hefo fi? Petawn i'n gofyn ddigon o weithiau, mi fasa un yn siŵr o gytuno, yn basa? ... Ond faint fasa'n gwrthod? Ac a fasa gen i ddigon o gyts i ofyn un waith, hyd yn oed, heb sôn am orfod dyfalbarhau am hanner cant o weithiau, hwyrach? (Ond beth petawn i'n defnyddio clipfwrdd a smalio 'mod i'n gwneud rhyw ymchwil neu brosiect? Tybed fasa hynny'n helpu?!)

Mae'r peth yn hurt wrth sbio'n ôl.

Yna, yn fuan ar ôl cychwyn yn y coleg chweched dosbarth, dechreuais i fynd allan hefo Mandy, a ffeirio un set o gymhlethdodau am set arall.

Dwi'n cofio'r tro cynta. Dwi'n cofio'r bore wedyn yn well. Deg o'r gloch ar fore Sadwrn a Mandy a finnau'n ofnadwy o aeddfed, yn golchi cynfasau ei mam rhag iddi hi sylweddoli yr hyn a wnaethom ni yn ei gwely; yn eistedd mewn londarét yn dal dwylo ac yn syllu fel dau gynllwyniwr ar y cynfasau'n troelli ac yn ymgordeddu trwy'i gilydd yn y peiriant sychu, fel y gwnaeth ein cyrff ni y noson cynt.

* * *

Wrth y bar, gallwn glywed pytiau o sgwrs Mandy a'r criw.

'*I can't believe that Sid's dead ...*'

'*Sid Vicious?*'

'Naci, Yncl Sid, y penrwdan. Ffycsêcs! Pwy arall?'

Ac yna llais arall:

'*Hey Mandy, is Al OK?* Mae o'n dawel.'

Llais Mandy wedyn:

'*Nah, 'e's fine.* Jest bod ni'n dau 'pyn bach yn diprésd heno, t'mod ...'

Wrth gael fy syrfio'r diwedd, teimlais i'n gynnes tu fewn wrth glywed y consýrn yn ei llais.

* * * * *

Eddie
Dydd Gwener, 3 Chwefror 1989

Mae caneuon fel peiriant amser. Roedd Eddie'n ymarfer pŵl ar ben ei hun yn *lounge* y North Star, pan glywodd hen ffefryn o ddeng mlynedd ynghynt. Yn syth roedd o'n ddeunaw unwaith eto, yn sefyll mewn pyb yn malu awyr hefo'r hogia, ac yn llygadu unrhyw ferch a ddeuai i mewn.

To change the mood a little I've been posing down the pub
On seeing my reflection I'm looking slightly rough
I fancy this, I fancy that, I wanna be so flash
I give a little muscle and I spend a little cash ...

Roedd o'n crynhoi profiad hogyn yn ei arddegau i'r dim. Yn anffodus, roedd o hefyd yn dal yn berthnasol i'w fywyd yntau ddeng mlynedd yn ddiweddarach ...

But all I get is bitter and a nasty little rash
And by the time I'm sober I've forgotten what I've had
And ev'rybody tells me that it's cool to be a cat,
It's cool for cats.

Wrth i'r unawd piano gymryd drosodd, dechreuodd botio peli i gyfeiliant y gerddoriaeth – eu slamio i'r pocedi gydag arddeliad. Roedd yn jarffio – ond roedd y bar yn wag wedi'r cyfan.

Shake up at the disco and I think I've got a pull
I ask her lots of questions as she hangs on to the wall

Doedd o ddim wedi bod mewn perthynas ers blynyddoedd. A fasa fo'n meiddio mynd i ddisgo erbyn hyn? Basa'r peth mor amlwg. Pan fo dyn yn desbrat, mae fel petai oglau drwg yn ei ganlyn i bob man. Waeth fod ganddo datŵ ar ei dalcen ddim: 'Chwilio am jymp – peidiwch â chyffwrdd'. Ond ers talwm roedd hi'n wahanol ...

I kiss her for the first time and then I take her home
I'm invited in for coffee and I give the dog a bone
She likes to go to discos but she's never on her own

Ond ar ôl hwyl yr helfa, y sylweddoli sydyn nad oes gynnoch chi ddim byd yn gyffredin. Mae 'na ryw ... angen dirgel yn ei llygaid hi, ac mae hynny'n dy ddychryn di, ei *maisonette* yn South Oxhey yn dechrau ymddangos fel carchar, mae ei breichiau'n hualau amdanat a rhaid dianc. Ond dianc rhag be?

I said "I'll see you later" and I give her some old chat
But it's not like that on the TV when it's cool for cats

Faint o weithiau oedd o wedi clywed y geiriau yna – '*see you later then*' – neu 'u defnyddio nhw ei hun? Geiriau digon diniwed ar yr olwg gynta; ond a fuodd 'na erioed eiriau mor gyforiog o gelwydd?!

Petai sgyrsiau o'r fath yn cael eu his-deitlo fel yn y ffilm Woody Allen 'na, bydden nhw'n edrych fel hyn:

Dyn: (*yn oedi cyn mynd allan trwy'r drws*)
         Wel ... wela i di o gwmpas 'ta.
         (*is-deitl*)
         Ffiw! Dwi'n meddwl bod hi'n fy nghredu i! Pam ddiawl
         wnes i ddim copio off hefo'i ffrind hi?!
Merch: Ie, iawn ... wela i di.
         (*is-deitl*)
         Cachwr c'lwyddog! A ti'n crap shag hefyd!

Wrth i'r peli hedfan o gwmpas y bwrdd yn y bar gwag, aeth Eddie yn ôl at y jiwcbocs a chwarae'r record eto er mwyn myfyrio ar y geiriau. Doedd o ddim yn saethu am y pocedi rŵan. Ymarfer ciwio yn lle potio. Y wen yn taranu oddi ar y *cushions* ac yn stopio 'nôl mor agos at y man cychwyn â phosib.

But it's not like that on the TV when it's cool for cats

Chwaraeodd y record eto yn lle codi peint arall. Yfed

cymedrol yn lle potio. (Ho, ho.) Roedd ar fin rhoi pres i mewn i'w chwarae hi eto, pan ddaeth y landlord drwodd yn chwyrn o'r bar arall a phwyntio bys tew ato:

'*Oi! You play that once more an' ya barred – right?!*'

Edrychodd Eddie o'i gwmpas. Doedd neb arall yn y bar, ond amneidiodd yn ddoeth ar y landlord serch hynny, rhoi ei bres 'nôl yn ei boced, ac yfed cegiad olaf ei beint.

'*See ya later then,*' medda fo, wrth gerdded trwy'r drws...

(*is-deitl*)

Coc oen! Ti newydd golli cwsmer ...

* * * * *

Aled
Nos Sadwrn, 3 Chwefror 1979

Ar ôl cael peint arall yn y Camden Head, aethon ni i weld Diz and the Doormen yn y Royal Exchange, grŵp R'n'B sy'n denu teds, pyncs a stiwdants i ddawnsio hefo'i gilydd – heb unrhyw wrthdaro! Sy'n gamp ynddo'i hun. Pam fod cerddoriaeth yn gorfod bod mor *tribal*?

Ond dyna wrth gwrs sut wnes i gyfarfod â Mandy gynta. Ryw flwyddyn a hanner yn ôl, ro'n i mewn disgo yn y coleg chweched dosbarth, pan wnaeth rhywun roi 'New Rose' gan y Damned ymlaen. Roedd o fel chwa o awyr iach ynghanol yr holl stwff Stevie Wonder, a'r Eagles a'r Bee Gees, felly neidiais i ganol y llawr a dechrau taflu fy hun o gwmpas fel dyn o'i go'. Dyma fiwsig o'n i'n licio go iawn, yn sianel berffaith i'm rhwystredigaethau rhywiol. (Mantais arall miwsig pync, i rywun fel fi, fasa'n methu dawnsio hyd yn oed petai bwledi'n tasgu o gwmpas 'y nhraed, oedd bod y *pogo*'n uffernol o hawdd.)

Wrth i mi gyrraedd canol y llawr, mi wnaeth gweddill y dawnswyr ymrannu fel y Môr Coch o 'mlaen i ... heblaw am un hogan dywyll ei chroen, hefo'i gwallt wedi sbeicio, a chrys T wedi rhwygo dan siaced ledar, oedd yn hyrddio'i hun yn fy erbyn. Aeth cant o wahanol *chat up lines* trwy fy mhen, ond roedden nhw i gyd yn crap. Pan ddaeth y gân i ben, wrth ei dilyn hi oddi ar y llawr i gyfeiriad y peiriant coffi lle roedd cwpwl o *entrepreneurs* ifanc yn darparu fodca yn y cwpanau *styrofoam*, ro'n i dal heb feddwl be i ddweud gynta, ond doedd dim rhaid imi, achos hi wnaeth achub y blaen arna i:

'*I'm glad sumwon else 'ere 'as got a bit of taste.*'

Amneidiodd yn ddirmygus at y bobl oedd yn dawnsio bellach i drac arall gan y Bee Gees. Roedd rhaid i mi ddweud rhywbeth rŵan; ei llorio hi hefo rhyw ffraethineb. Yn anffodus pan agorais i 'ngheg, dyma be ddaeth allan:

'*I'm just an armchair punk really*; ond mae'n anodd rhoi *armchair* trwy dy drwyn, *know wot I mean?*'

Chwarddodd, diolch i'r drefn; o'n i, hyd yn oed, yn gwbod bod hi'n jôc pathetig ond rhaid ti ddweud rwbath, does?

'*I like ya strides,*' meddai, gan amneidio at fy nhrowsus.

Fflêrs oedd gen i o hyd, ond bob tro o'n i'n mynd allan byddwn i'n pinio'r defnydd ychwanegol hefo pinnau cau i wneud y coesau'n syth – rhyw fath o *bondage statement* – digon i beidio sefyll allan yn rhywle fel Dingwalls, ond ddim mor wahanol fel 'mod i'n tynnu sylw at 'yn hun ar y trên ar y ffordd yno, neu ar y ffordd 'nôl. Do'n i ddim isio teds yn rhedeg ar 'yn ôl i lawr y *tube* er mwyn rhoi cweir i mi. Y gerddoriaeth oedd fy niléit i, beth bynnag, nid y ffasiwn.

Y nos Fercher ganlynol o'n i'n ciwio i fynd mewn i'r Marquee hefo Mandy. Ro'n i'n siarad gormod, am 'mod i wedi cynhyrfu. Am fod gen i ddêt cynta hefo'r hogan smart 'ma, o'n i 'di gwneud tipyn bach o ymdrech; ro'n i wedi sbreio fy Doctor Martens yn arian hefo paent car, ond wnes i gochi at fôn fy nghlustia pan ddudodd rhywun:

'*Oi! Those ya Silver Jubilee boots, are they?*'

Sut fues i mor wirion â pheidio meddwl am hynny?! Triais i feddwl am rywbeth i'w weiddi 'nôl, ond cyn imi wneud dim, roedd Mandy wedi gwenu ar y boi arall, codi dau fys yn hamddenol arno, a gafael yn fy mhen er mwyn cau 'ngheg hefo cusan hir ...

* * *

Heno, yn y Royal Exchange, roedd hi'n teimlo'n chwithig i fod yn mwynhau R'n'B, a gwrando ar bedwarawd o ddynion yn eu tridegau yn chwarae 'Chicken Shack', a 'California', a chlasuron eraill o'r oes o'r blaen. Rhois fy mraich am ysgwydd Mandy. Gwenodd yn ôl hefo llygaid trist. Roedd hi'n teimlo 'run fath. Draw yn Efrog Newydd roedd Sid Vicious druan ar slab mewn rhyw 'sbyty, a'i farwolaeth yn tanlinellu diwedd cyfnod. Mae pync hefyd yn perthyn i'r oes o'r blaen ... ond be ddaw nesa tybed?

* * * * *

Eddie
Nos Wener, 3 Chwefror 1989

Yn ôl yn ei lofft, roedd Eddie'n gwrando ar y radio cyn mynd i gysgu. Roedd hyn yn ddefod ganddo. Byth ers pan gafodd ei *transistor* cynta, yn un ar ddeg oed, roedd radio wedi golygu rhyddid ...

Am y tro cynta yn ystod ei oes fer, gallai ddewis ei adloniant ei hun. *Top 40* nos Sul? Dim problem. John Peel dan gynfasau'r gwely? Dim problem. Roedd o fel cael mynediad i rwydwaith cudd; roedd caneuon yn golygu cymaint i rywun yn ei arddegau cynnar, gellid clywed pethau newydd ynddyn nhw o hyd. Roedd o fel astudio cloriau albyms ym mhreifatrwydd dy lofft a'u dadansoddi am eu negeseuon.

Ac yn ogystal â'r gerddoriaeth, roedd radio'n cynnig rhaglenni *phone-in*, a'r cyfle i wrando ar bobl eraill hefo mwy o broblemau nag oedd gennyt ti. Yn y llofft heno, roedd Rob o Walthamstow yn siarad yn angerddol am broblemau parcio:

'*I mean, where's it all gonna end, Gary? You tell me! Where's it all gonna end?*'

Ond erbyn hyn, roedd Eddie'n cysgu.

* * * * *

Aled
Dydd Iau, 8 Chwefror 1979

'Oedd gynnyn nhw *somersaults* pan oddach chi'n ifanc, Nain?' medda fi rywdro, mae'n debyg, pan o'n i'n hogyn bach. (Sgenna i'm co' fy hun 'mod i 'di dweud y ffasiwn beth erioed, ond ces i f'atgoffa o'r peth hyd syrffed, fel arfer ym mharlwr modryb, gerbron rhyw sanhedrin o fodrybedd eraill. A heno eto, wrth fwrdd y gegin, gan fy nhad.)

A chwara teg, mi oedd hi'n anodd dychmygu Nain yn ifanc, yn neidio oddi ar gefn bws ar ei ffordd i'r gwaith, yn llygadu het *cloche* mewn ffenest siop, yn dawnsio'r Charleston hefo Taid.

Ond dyma hi o 'mlaen i rŵan, mewn lluniau o ddiwedd y 1920au, a hithau newydd gyfarfod â 'nhaid. Nain ar gefn moto-beic Taid yn smalio'i yrru. Llun priodas o'r ddau, Taid a'i wallt wedi'i slicio 'nôl, Nain yn dal tusw o flodau. Nain wedyn ar y prom yn Llandudno. Ond rywsut nid y Nain o'n i'n nabod ydi'r ddynas ifanc yn y lluniau. Wyneb hen oedd gan fy nain i ... er ei bod hi'n ddigon ifanc ei ffordd, tan y diwedd un. Bron i dair blynedd yn ôl. Jest cyn i fi wneud Lefel O.

Mae'r albwm ar agor gen i o 'mlaen rŵan. Mi wnaeth Dad 'i estyn o allan gynnau i ddangos llun o gacen ben-blwydd wnaeth Nain iddo pan oedd o'n dair oed, jest cyn y rhyfel. Mae'n ben-blwydd arno heddiw ac ro'n i wedi prynu cacen iddo fo yn Wenzel's a rhoi'r canhwyllau arni fy hun. Cymerodd sbelan i gynnau'r cyfan.

'Argol, mae'n edrych fel y *Blitz*! Well 'mi chwthu'r c'nwylla 'ma cyn i'r eisin doddi!'

Mae Dad wedi mynd drwodd i'r gegin ond dwi'n dal i bori

yn yr albwm. Ar ôl llun y gacen, mae 'na luniau o Dad yn hogyn bach, pan oedd o'n faciwî hefo'n hen nain yn Llanrwst. A lluniau ohono wedyn ar lin Taid, a hwnnw yn lifrai'r fyddin.

Dwi'm yn cofio Taid. Cafodd o hartan pan o'n i'n fabi, a daeth Nain aton ni i fyw, ar ôl i fy mam ddiflannu.

Be sgynnon ni wedyn? Dad a Taid yn llewys eu crysau yn helpu Yncl Ywan i hel gwair yn y pumdegau, hefo Yncl Ywan ar ben y drol yn derbyn y gwair o bicwarch Taid. Llun o Dad wedyn yn ei lifrai adeg *National Service* yn Aden.

Tydi Dad ddim wedi newid gymaint â hynny dros y blynyddoedd, ond rywsut fedra i ddim 'i ddychmygu yntau'n ifanc chwaith, achos hyd yn oed yn y lluniau ohono fo'n ifanc, mae'n edrych yn hen a pharchus yn barod. Mae'n gwisgo *sports jackets* hefo patsys ar y penelinau yn y lluniau, ac mae'n dal i wneud hynny o hyd!

Mae'r ffordd mae o'n edrych rŵan yn iawn rywsut; mae'n edrych fel athro hanes sydd wedi byw am dros ugain mlynedd ar drugaredd amserlen ysgol; ond roedd yr olwg bell yna yn ei lygaid hyd yn oed 'nôl yn y pumdegau. Dim ond blwyddyn yn hŷn nag Elvis ydi o ... ond prin 'sat ti'n deud fod roc a rol 'di cyffwrdd ynddo fo, mwy nag y gwnaeth *somersaults* yn Nain.

Sy'n rhyfedd ar un ystyr, achos yn ôl fy nhad, pan oedd o'n dysgu yn ysgol Ritchie Street yn Islington, byddai'n gorfod mynd lawr i ryw *coffee bar* bob amser cinio er mwyn hel y genod 'nôl i'r ysgol, am fod 'na fand ifanc o enw'r Shadows yn ymarfer yno. Athro hanes yn dyst i ryw fymryn bach o hanes roc a rôl ... ond wedi dweud hynny, wnaeth o 'rioed brynu 'mun o'u senglau nhw hyd yn oed.

Mae pync wedi bod yn ddirgelwch llwyr iddo fo. Mi ddaeth o adra un noson a gofyn pwy oedd Slaughter and the Dogs; dwi'n meddwl ei fod o'n licio'r syniad o ddefnyddio gwybodaeth am fandiau fel *shock tactic* hefo'i *fourth-formers* anystywallt.

Alla i ddim dychmygu byw drwy'r pumdegau a'r chwedegau heb ymddiddori dim yng ngherddoriaeth y dydd, ond dyna fo, tydi pawb ddim yn gwirioni 'run fath.

Pan oedd Dad yn y coleg, cafodd joban un ha' mewn ffatri gramoffonau yn Acton, yn pacio'r cynnyrch yn barod ar gyfer y lorri. Drws nesa iddyn nhw oedd yr adran destio, lle roedden nhw'n defnyddio'r un record bob dydd i brofi pob peiriant cyn iddo gael mynd o'r ffatri:

'O wyth tan bump felly, oddan ni'n clywed dechra'r gân "Jailhouse Rock":

"Baw-waw! (Dwm, dwm.) Baw-waw! (Dwm, dwm.) *Warden threw a party in the county jail ..."*

'Yna sŵn nodwydd yn cael ei chodi – 'mond hynna oedd ei angen, t'wel, i ddangos bod y peth yn gweithio'n iawn. Felly, ymlaen â nhw wedyn i'r gramoffon nesa:

"Baw-waw! (Dwm, dwm.) Baw-waw! (Dwm, dwm.) *Warden threw a party in the county jail ..."*

'O'n i jest â mynd o 'ngho hefo'r peth. Nid cymaint am 'u bod nhw'n ailadrodd yr un hen ddarn o'r gân, nes o'n i'n dal i glywed y diwn felltith oriau ar ôl i mi fynd o 'ngwaith, na, be oedd yn waeth oedd hyn. Bob ryw hyn a hyn, mi fyddai'r hogia'n yr adran destio yn ffendio bod rhywbeth ddim cweit yn ei le, ac felly'n gadael i'r record chwarae 'mlaen tra'u bod nhw'n trwsio'r peth. Dyna oedd yn mynd ar 'y nerfau i fwya – bod ar bigau drain trwy'r dydd yn disgwyl i'r record chwarae yn ei blaen. Roedd hi fel artaith!'

Trueni mai felly roedd o wedi ymateb, achos roedd o'n dda iawn am ganu lein gynta 'Jailhouse Rock'! Ond wedyn, canu ydi ei betha fo erioed. Tra oedd y teds ifanc yn rhwygo seti sinema, roedd Dad yn canu hefo Côr Ieuenctid Cymry Llundain. Mae 'na lun ohonyn nhw fa'ma:

'Pa un dach chi, Dad?'

'Hwnna – yn y rhes gefn. Ti'm yn nabod fi?'

'Ddim hefo gwep fel'na! Pam bo' chi'n edrych mor siriys?'

'A! Steddfod Caernarfon 1959 ydi hwnna. Gawson ni gam!'

Ac mae'n mynd 'nôl i'r gegin dan ganu 'Teyrnasoedd y Ddaear' dan ei wynt.

Byddwn ni'n canu tipyn yn y car hefo'n gilydd ar y ffordd i

wylio rygbi. Mae ganddo dâp o emynau ac anthemau Caradog Roberts; a bydda i'n trio canu bas tra'i fod o'n canu tenor. Bydd o'n gwneud stumiau arwain wrth ddreifio, ac yn arwyddo hefo'i law i ddangos i mi os oes isio nodyn gwahanol i'r hyn dwi'n ei ganu; pwyntio am i lawr os oes isio nodyn is, a phwyntio i fyny ar gyfer nodyn uwch. Dwn i'm sut mae o'n gofalu am hyn i gyd, yn canu tenor ei hun, ac yn gyrru'r un pryd!

Mae canu fel'na, neu yn y bar yn Old Deer Park ar ôl y gêm, yn llawer mwy ysbrydol rywsut na'r canu tila a gawn ni mor aml yn capal. Mae canu da yn tynnu pobl ynghyd a dim jest ar lefel gerddorol ...

Mae Dad yn galw, yn gofyn ydw i isio panad. Fi ddylai gynnig un iddo fo. Dwi am gadw'r albwm lluniau a rhoi'r tâp Caradog Roberts ymlaen!

* * * * *

Eddie
Dydd Iau, 9 Chwefror 1989

Byddai Eddie yn licio edrych ar hen ffilms o bryd i'w gilydd. Bob hyn a hyn byddai'r National Film Theatre yn dangos ffilmiau mud gyda chyfeiliant piano.

Regen oedd y ffilm heno – neu 'Glaw' yn Gymraeg. Ffilm gafodd ei gwneud yn Amsterdam ar ddiwedd y dauddegau oedd hi, ond roedd yr holl siots o law yn disgyn i'r gamlas, yn sgleinio ar y cledrau tram ac yn diferu oddi ar dalcen tŷ, i gyd yn edrych yn rhyfeddol o gyfoes rywsut. Dim ond y merched mewn hetiau *cloche* yn rhedeg i 'mochel y glaw oedd yn dangos oed y ffilm; fel arall doedd dim llawer wedi newid mewn trigain mlynedd.

Hen ddynes oedd yn cyfeilio i'r ffilm. Roedd hi'n ddigon hen i fod yn nain iddo – a dweud y gwir roedd hi'n edrych yn ddigon hen i fod wedi cyfeilio i'r ffilm pan ddaeth hi allan gynta. Roedd ei chwarae, serch hynny, yn egnïol, ac yn cyd-fynd yn wych â'r lluniau, hefo rhyddm y golygu; ond tybed oedd hi chydig yn *ga-ga*? Ddwy waith yn ystod y ffilm dechreuodd hi fampio trwy 'All My Loving' a 'Yesterday' gan y Beatles, cyn i rywun yn y rhes flaen besychu mewn ffordd awgrymog; ac ar hynny, dyma hi'n mynd 'nôl at gerddoriaeth oedd yn priodi'n well hefo'r lluniau.

Wrth ei gweld hi'n gadael yr adeilad wedyn yn pwyso ar fraich dyn canol oed, roedd 'na olwg yn ei llygaid hi fel petai hi'n dal ar goll mewn amser, a theimlodd Eddie ryw euogrwydd sydyn am fod mor barod i'w barnu hi'n gynharach.

'*Look, Michael,*' meddai wrth y dyn canol oed, '*it really is raining!*'

Dychmygai Eddie sut y byddai'r dyn canol oed yn ei hebrwng hi 'nôl i ryw gartre hen bobl lle fyddai neb yn malio am ei dawn arbennig i beintio lluniau hefo'i miwsig. Dim ond yn ei sodro o flaen piano, efallai, er mwyn diddanu'r hen ledis eraill hefo rhyw *sing-song* bach.

Penderfynodd fod rhaid iddo ddod i'w gweld hi eto, y tro nesa y byddai hi'n chwarae yn yr NFT.

* * * * *

Aled
Dydd Llun, 12 Chwefror 1979

Ges i lythyr heddiw gan Gyd-bwyllgor Addysg Cymru yng Nghaerdydd, hefo dyddiadau'r arholiad.

Dechrau fel rhyw 'myrraeth wnaeth y syniad o wneud Lefel A yn y Gymraeg. Ro'n i wedi penderfynu yn barod 'mod i am gymryd blwyddyn allan cyn mynd i'r brifysgol. Roedd y syniad o jest byw a gweithio am flwyddyn, heb boeni am yrfa, yn apelio. A hefyd, gan fod Mandy flwyddyn yn fengach na fi, byddai'n golygu y basa hi'n 'dal i fyny' hefo fi fel petai, a gallen ni fynd i deithio o gwmpas Ewrop am dri mis yn ystod yr haf – Interrail

– ac yna pigo grêps yn Ffrainc – 'grawnwin' hyd yn oed. Dyna oedd y plan.

Doedd gwneud lefel A Cymraeg ddim yn rhan o'r cynllun gwreiddiol, dim ond rhyw fympwy funud ola. Ro'n i'n meddwl y basa'r gwaith yn helpu cadw'r hen frêns yn siarp at y flwyddyn nesa, ac roedd fy nhad yn cytuno. Dwi'm yn siŵr a fasa fo'n cytuno hefo sut dwi'n teimlo am y pwnc bellach. Wrth i'r flwyddyn fynd yn ei blaen, a minnau'n mwynhau'r llyfrau fwy a mwy, dwi'n teimlo 'mod i'n darganfod rhywbeth amdanaf fy hun. Dwi'n meddwl newid fy nghwrs.

Y cynllun gwreiddiol oedd astudio Hanes yn Llundain. Neu Fryste. Neu Gaerefrog. 'Mae'n bwysig dewis coleg da, Aled,' dyna fyrdwn fy nhad.

O ran 'myrraeth, rhois i Gymraeg ym Mangor neu Aberystwyth fel y pedwerydd a'r pumed dewis. O'n i'n meddwl y basa'n hwyl gwneud Lefel A Cymraeg yn ystod fy mlwyddyn allan; tipyn o her. 'Mae isio cadw'r tŵls yn loyw at flwyddyn nesa,' meddai fy nhad, 'a sgin ti ddim byd i'w golli, hyd yn oed 'taet ti'n methu. Fasa'm ots, na f'sa?' Roedd o'n iawn. Mae'r graddau ges i'r ha' dwytha yn ddigon da i 'nghael i mewn i 'nhri dewis cynta yn barod. Ond mewn un ffordd, roedd o'n rong.

Wrth ymdaflu i'r gwaith, dwi 'di newid fy meddwl yn ara bach. Mi *fasa* ots, taswn i'n methu. Dwi *isio* studio'r Gymraeg. Felly mae'n rhaid imi gael gradd D i wneud Cymraeg ym Mangor neu C ar gyfer Aberystwyth. Dylwn i fedru 'i wneud o; arholiad llenyddiaeth ydi o yn ei hanfod, a dwi wedi pasio un o'r rheini'n barod trwy basio Saesneg llynedd. 'Di o ddim fel taswn i'n gorfod dysgu technegau newydd, dim ond 'u gwneud nhw yn Gymraeg. Dim ond i mi weithio fy ffordd drwy'r llyfrau, a thrio sbotio cwestiynau o'r hen bapurau arholiad, mi ddylwn i fod yn iawn.

Dwi wedi cael caniatâd i sefyll y papurau 'nôl yn y coleg chweched dosbarth, er mwyn cael fy *invigilate*-io. Hwyrach bydda i yn y neuadd yr un pryd â Mandy!

Mae hi, wrth gwrs, yn meddwl bod gwneud arholiad

Cymraeg yn ffars llwyr ond dwi'n siŵr y gwnaiff hi newid ei meddwl ...

* * * * *

Eddie
Dydd Llun, 13 Chwefror 1989

Byddai Eddie'n osgoi dweud wrth bobl be oedd o'n wneud fel gwaith. Os oeddet ti'n dweud 'gweithio hefo *temp agency*', roedd aeliau pobl yn codi. Roedden nhw wedi gweld yr hysbysebion ar y tiwb, y genod trwsiadus mewn sgertiau tyn, '*must have smart turn-out and 100 wpm*'. Ac wedyn bydden nhw'n edrych ar Eddie flêr ac yn methu gweld y cysylltiad. Ond **roedd** cysylltiad. Roedd y cwmni y gweithiai Eddie iddo nid yn unig yn darparu ysgrifenyddesau, teipyddion a *personal assistants*, roedden nhw hefyd yn darparu pobl fel Eddie. Roedd o'n gweithio yn yr adran tempio diwydiannol.

Yn yr adran honno, roedden nhw'n darparu gweithwyr i gyflawni tasgau oedd yn rhy fawr, yn rhy fudr, neu'n rhy chwyslyd i gwmnïau'r Ddinas feiddio gofyn i'w staff eu hunain dorchi llewys er mwyn ymgymryd â nhw. Er enghraifft, cario dodrefn swyddfa i mewn i'r Bank of Baroda, neu adeiladu system ffeiliau newydd i'r cwmni cyfrifyddion Touche Ross. Heddiw roedd o'n gwagio'r llawr uchaf mewn swyddfa yn Golden Square, cyn iddo gael ei ailblastro i gyd.

Weithiau byddai swyddi mwy tymor-hir yn codi; llenwi bwlch am fod rhywun ar famolaeth, neu am fod toriadau sector cyhoeddus ddim yn caniatáu cyflogi rhywun yn barhaol. Yn y gorffennol roedd Eddie wedi gweithio am chwe mis yn llnau swyddfeydd y *Daily Telegraph*, ac am gyfnod tebyg yn stacio'r silffoedd yn fferyllfa Ysbyty Barts.

Bob amser cinio dydd Mercher, byddai'n ymweld â'r swyddfa yn Fleet Street i gasglu'i gyflog gan Sheila. Byddai'r cwmni'n darparu bwffe syml o fara, bisgedi a chaws. Os oedd pethau'n slac, weithiau bydden nhw'n mynd rownd y gongol i'r Cheshire Cheese am beint. Criw digon amrywiol oedd criw'r *temp agency*; nifer o dropowts colegol, hipis dinesig, ecsentrics ac un hwligan pêl-droed, yn ôl ei gyffes ei hun, sef Nutty Nathan oedd yn dilyn yr Arsenal.

Roedd Eddie wrth ei fodd hefo gwaith dros dro fel hyn; doedd o byth yn gorfod aros yn unman yn ddigon hir i ddiflasu. Roedd o'n cael mynd i lefydd amrywiol a chyfarfod â phobl newydd – heb orfod mynd yn ormod o ffrindiau hefo neb, ac roedd hynny'n ei siwtio fo i'r dim.

*   *   *   *   *

Aled
Dydd Mawrth, 13 Chwefror 1979

Dwi'n gweithio ar hyn o bryd mewn ffatri cardiau cyfarch oddi ar Pentonville Road, yn clocio mewn am hanner 'di wyth bob bore, ac yn gorffen am hanner 'di pedwar. (Neu yn hytrach, fel y dysgais i'n sydyn iawn, ti'n 'gorffen' mor fuan ag y meiddi di *cyn* hanner 'di pedwar, ac yna'n diflannu i'r tŷ bach am bum munud go lew, cyn 'clocio off' am hanner 'di pedwar. Rhyfedd fel mae cynifer o'r gweithlu yn teimlo'r awydd i fynd i'r tŷ bach am bum munud ar hugain wedi pedwar!)

Gweithio yn y stocrwm ydw i, yn nôl bocseidiau o gardiau o'r gweisg lawr grisiau a'u stacio nhw ar y silffoedd metal sy'n codi rhyw ddeuddeg troedfedd oddi ar y llawr. Wedyn, mae'r genod yn dod rownd i wneud yr archebion, i'w hanfon allan at y siopau. Unwaith yr wythnos 'dan ni'n mynd lawr at y *loading bay* yn y gwaelod i helpu i ddadlwytho'r *pallets* o bapur, a'u tynnu nhw drwodd at y gweisg ar drolïau heidrolig. Wedyn, bydd isio llwytho lorri arall sy'n cario'r *trims* o'r cardiau i ffwrdd i gael eu hailbylpio.

Mae'n waith digon syml ac mae cwmni digon difyr i'w gael yno, ond mae rhywbeth am hynny sy'n codi ofn arna i. Hynny ydi, be sy'n fy nychryn i ydi pa mor sydyn mae dyn yn gallu setlo i rigol gyfforddus. Weithiau dwi'n sylwi fy mod i, heb feddwl, yn dechrau ymfalchïo ym manion bethau'r job; pa mor ddeheuig dwi'n gallu llywio'r troli heidrolig, pa mor dwt mae rhes o focsys yn gallu edrych ar ben silff. Ymgolli yn y gwaith. Mae ymgolli'n beryg. Beryg i ti golli dy hun ... Ar adegau felly, dwi'n falch fod gen i'r arholiad 'ma i roi rhyw ffocws arall imi.

Mae'n eironig, o gofio lle dwi'n gweithio ar hyn o bryd, 'mod i heb gael cerdyn San Ffolant i Mandy. Ond mae 'na reswm.

Llynedd, ar y noson San Ffolant gynta ar ôl i ni ddechrau mynd hefo'n gilydd, roedden ni wedi mynd am dro i ben Harrow on the Hill. Mae'n un o'r chydig leoedd yn Llundain lle gallwch chi weld y ddinas yn ymagor o'ch blaen chi, fel mwclis ar ôl mwclis o oleuadau stryd. Mae 'na eglwys ar ben y bryn a mynwent oddi tani, hefo sawl carreg fedd hwylus o fflat lle gellwch chi fwynhau'r golygfeydd.

Wrth i ni eistedd ar un o'r beddi, dywedais wrthi nad o'n i wedi cael cerdyn iddi – achos nad o'n i'n coelio yn y peth. Yn bwysicach na hynny, ro'n i'n ama nad oedd hi wedi prynu cerdyn i mi chwaith, felly do'n i ddim am roi cyfle iddi dynnu 'nghoes am fod mor gonfensiynol. Ond beth petai hi wedi cael un i fi? 'Swn i'n teimlo'n ofnadwy wedyn. Sydd wrth gwrs yn deimlad *hollol* gonfensiynol. Sy'n dangos pa mor gonfensiynol ydw i go iawn, dan yr wyneb. Pethau felly oedd yn rhuthro trwy fy meddwl, wrth ddisgwyl iddi ymateb. Feiddiwn i ddim edrych arni, felly edrychais ar *gas holder* Roxeth yn codi'n ddu uwchben y strydoedd oddi tanom.

'*You're so butch,*' meddai Mandy, 'dyna be dwi'n licio amdanat ti.'

Rhoes ei thafod yn fy nghlust a 'nhynnu i i lawr ar y bedd. Wrth orwedd 'nôl a gweld y sêr a'r golau ar ben twˆr yr eglwys yn wincio lawr arna i, ro'n i'n teimlo fel taswn i 'di sgorio gôl. Ro'n i wedi gesio'n iawn!

A dyna'n trefn ni ers hynny – dim cardiau. Ein confensiwn anghonfensiynol. Ond wrth gwrs, petai pawb fel ni'n dau, fasa gen i ddim job yn y ffatri gardiau!

* * * * *

Eddie
Dydd Llun, 20 Chwefror 1989

Heno roedd Eddie wedi cychwyn job newydd i'r asiantaeth dempio, wythnos fel porthor nos yn un o flociau fflatiau'r Barbican. Tri deg tri o loriau o bobl ariannog dros ben, oedd yn gallu fforddio talu rhent oedd yn galluogi'r landlord i ddarparu porthor rownd y cloc. Roedd y porthor arferol wedi troi'i ffêr yn chwarae pêl-droed, felly roedd Eddie yma yn ei le.

Roedd o wedi bod yn ddigon prysur hyd yma, yn agor y drws i denantiaid meddw ac anghofus, gan gynnwys un dyn oedd yn honni 'i fod o wedi bod yn Major yn yr SAS.

'Gwyliwch fflatiau'r degfed llawr ...' meddai, gan dapio ochr ei drwyn fel rhywun mewn sgets Monty Python. '*Safe houses* i'r PLO ydyn nhw i gyd! Dim gair wrth neb, cofiwch!'

Amneidiodd Eddie mewn ffordd niwtral: os oedd o'n nytar, doedd o ddim am ei ypsetio fo ... ac os oedd o'n filwr go iawn, wel, ia, hollol ... doedd o ddim am ei ypsetio fo chwaith!

Bellach roedd yn hanner awr wedi tri. Trefnodd y ddau bensil ar ei ddesg fel eu bod nhw'n ffurfio bysedd cloc. Deg o'r gloch. Dyna faint o'r gloch y dechreuodd o. Hanner awr wedi tri rŵan. Dwy awr a hanner arall a gallai dynnu'r crys a thei anghyfarwydd.

Roedd rhywun wrth y drws. Sythodd y pensiliau'n ddiangen, cyn codi ac agor iddo.

Americanwr oedd yno. Newydd ddod o Heathrow mewn tacsi. Gofynnodd i Eddie ei helpu gyda'i fagiau. Aeth Eddie hefo fo yn y lifft at ei fflat ar y llawr ucha un a chario'r bagiau at y drws, cyn troi 'nôl am y lifft.

'*Hold on, buddy*,' meddai'r Americanwr, gan edrych i fyw llygaid Eddie a stwffio arian papur i boced ei grys.

Diolchodd Eddie iddo, ac aros i ddrysau'r lifft gau, cyn estyn y papur o'i boced. Dychrynnodd pan welodd mai papur ugain punt oedd o! Blydi hel! Oedd y boi wedi drysu, dudwch? Neu newydd gyrraedd y wlad a ddim yn deall y pres yn iawn?

Wrth ei ddesg yn y gwaelod, plygodd y papur ugain punt yn ofalus ac addo codi gwydr i haelioni Americanaidd yn y dyfodol agos. Roedd hon yn addo bod yn joban werth ei chael.

* * * * *

Aled
Dydd Gwener, 23 Chwefror 1979

Roedd y ddau ohonon ni'n gorwedd yn fy ngwely sengl, a hwnnw fatha amlen wedi'i gorlwytho.

(Roedd Dad wedi mynd i fyny i'r gogledd i weld Yncl Ywan, am ei bod hi'n hanner tymor. Mae'r creadur mewn cartre ers dwy flynedd. Felly, tra bod 'Nhad i ffwrdd, roedd Mandy wedi dod i aros yn tŷ ni.)

Roedd y golau wedi'i ddiffodd, a'r ddau ohonom yn syllu ar y *ceiling*, a minnau'n chwarae hefo'i gwallt hi.

'*I've been 'avin this dream* ...' medda fi, '... dwi mewn llofft yn rhywle. Fi biau hi, ond nid fa'ma ydi hi chwaith.'

'Be sydd yn y llofft 'ma, felly?'

'Dwi'm yn gallu cofio'n iawn ... Lle digon cyffredin, am wn i ... ond mae 'na un peth sy'n sticio yn y cof. Mae 'na gwpwrdd dillad yn y llofft 'ma, ac mae'n wag, heblaw am un siwt, a lot o hangars eraill sy'n janglo'n annifyr bob tro dwi'n tynnu'r siwt allan, fel tasan nhw'n trio deud nad fi sy biau'r siwt go iawn ...'

'*Is that it?*'

'Sori, o'n i'n meddwl fod gen ti ddiddordeb.'

'Oes, ond ... o, dio'm ots. Dwi am gysgu 'wan OK? *Night-night, Al* ...'

Trodd ar ei hochr, gyda'i chefn tuag ata i. Roedd hi'n flin am 'mod i'n gwrthod cysgu yng ngwely Dad tra ei fod o i ffwrdd, ond fedrwn i ddim. Doedd y peth ddim yn teimlo'n iawn. Hanner awr ynghynt roedden ni 'ben grisiau a minnau'n trio ei chyfeirio hi oddi wrth lofft Dad.

'*I just don' understan' what's the big deal? It's a double bed!* Ti'n cysgu yng ngwely fy mam i ddigon aml pan mae hi ar *nights*.'

'Dwi'n gwybod ... a dwi'n gwybod fod o ddim yn gwneud synnwyr. Mae o fel ... mae o fel ... agor can o gwrw yn capal.'

Roedd hynny am ryw reswm wedi gwneud iddi chwerthin.

'*God! Me and my Welsh Methodist boyfriend!* Pam na faswn i 'di mynd allan hefo *lapsed Catholic*, neu *bad boy Buddhist*, rhywbeth syml! Tyrd 'ta, Mistar Hangyp, wnawn ni gysgu yn dy wely di.'

Gofynnais iddi ryw dro oedd ei mam hi'n sylwi fod cynfasau glân ar ei gwely hi bob tro roedd hi wedi bod yn gwneud shifft nos.

'*Maybe she does ... but she trusts me* ... a beth bynnag, yn wahanol i chi, 'dan ni ddim yn byw fel dau hen lanc hefo poteli llefrith mewn bagiau plastig yn disgwyl i rywun fynd â nhw lawr at y siop gornel, am bod chi'n rhy ddiog i gofio'u rhoi nhw ar stepan drws i'r dyn llefrith!'

'*Ouch. Guilty as charged ...*'

Roedd pethau ychydig yn flêr yn tŷ ni, a dyna un rheswm pam na fyddai Mandy'n dod acw yn aml. A'r ffaith 'i bod hi'n byw yn Kenton a ninnau'n byw yn Pinner. Gan fod Kenton yn nes i ganol Llundain, a gan ein bod ni fel arfer yn mynd allan yn y West End neu Camden, ro'n i fel arfer yn mynd draw i'w thŷ hi cyn cychwyn allan. Ac wedyn os bydden ni allan yn hwyr, roedd yn haws mynd 'nôl i'w thŷ hi, ac roedd ei mam hi'n ddigon bodlon i mi gysgu ar y soffa. A phan fyddai ei mam hi'n gweithio *nights* ...

Ond heno roedden ni yn tŷ ni. Ac roeddwn i'n falch.

* * * * *

Eddie
Dydd Gwener, 24 Chwefror 1989

Roedd y nos yn gyforiog o bosibiliadau i Eddie, fel unrhyw ddyn sengl arall. Tafarnau'n gwahodd dyn i mewn o'r tywyllwch. Gwydrau oer yn gwahodd dwylo i'w hanwylo a'u cynhesu. Roedd yn mwynhau'r golau oedd tu mewn i gwrw. Ond roedd tywyllwch Guinness yn ei ddenu fwy. Gellid gadael golau i mewn i wydr Guinness wrth ei ddrachtio fesul cylch o ewyn. Ac yna allan i'r nos eto. A'r tywyllwch yn ei anwylo.

Roedd Eddie'n caru'r nos yn Llundain. Iddo fo, du oedd lliw naturiol y ddinas beth bynnag. Waliau duon ar bob llaw; roedd hyd yn oed boncyffion y coed planwydd yn ddu, degawdau o huddyg yn hawlio pob dim. Teimlai Eddie fod y colofnau a'r waliau rheini oedd wedi eu blastio â thywod i glirio huddyg yr oesau yn edrych yn anghyffforddus o wyn ynghanol yr adeiladau eraill, oedd yn dal â'u lifrai du. Roedden nhw fel twristiaid bolwyn ar draeth lle mae pawb arall wedi bod yn torheulo ers wythnosau'n barod.

Ond yn y nos, roedd popeth yn ddu. Roedd y cysgodion yn dod allan i chwarae yn nychymyg pawb. Tra bod rhai yn teimlo fod tywyllwch Llundain yn fygythiol, roedd Eddie'n ei fwynhau, yn licio'r ffordd yr oedd absenoldeb golau yn gorfodi'r synhwyrau eraill i weithio'n galetach. Roedd o fel anifail gwyllt yn gorfod synhwyro'r gwynt, a moeli'i glustiau, yn ogystal â syllu'n galed i ddehongli siapiau a symudiadau yn y gwyll. Roedd yn gwneud iddo deimlo'n fwy pwerus ...

Liw dydd roedd o'n ddi-nod ...

Liw nos roedd o'n anweledig ...

* * * * *

Aled
Dydd Gwener, 23 Chwefror 1979

Roedd Mandy'n cysgu erbyn hyn, a'r gwely'n teimlo fel ffwrnes. Gorweddwn hefo 'mreichiau allan o'r gwely er mwyn teimlo'r oerfel ar fy nghroen.

Methu cysgu. Pethau'n mynd rownd a rownd yn fy mhen. Doedden ni ddim wedi ffraeo ar gownt y busnes gwlâu ... ond tybed 'sa hi 'di bod yn well tasan ni **wedi** ffraeo go iawn, a chlirio'r awyr ryw fymryn? Ond er bod Mandy yn gymeriad digon pigog a phlaen ei thafod, o'n i'n gwybod hefyd 'i bod hi ddim yn licio ffraeo.

Fyddai hi ddim yn siarad llawer am ei thad, ond cyn iddo fo adael ei mam hi roedd 'na lot o ffraeo wedi bod yn eu tŷ nhw.

'*It's weird, y'know, but dere's someffing quite excitin,*' meddai hi un waith, 'pan ti'n sylweddoli am y tro cynta fod ti'n cael gweiddi ar dy rieni. Deuddeg oed o'n i ... ac ro'n i'n gweiddi arnyn nhw, i stopio nhw rhag gweiddi ar ei gilydd!

'Mae'n rhoi rhyw deimlad rhyfedd ... o bŵer i ti. *Well ... the first time anyway*... Ti'n gweiddi... ac wedyn mae'r tawelwch mwya hyfryd. Maen nhw'n sbio arnat ti'n rhyfedd, *but I didn' give a monkey's*, achos o'n i jest isio clywed y tawelwch 'na ...'

Tair ar ddeg oedd hi pan aeth ei thad. Roedd ei mam yn grêt, Saesnes o Newcastle oedd yn nyrsio yn y Royal Free, ac yn hollol ddidaro pan fyddai hi'n fy ffendio fi'n cysgu ar ei soffa yn y bore, ar ôl colli'r trên ola adra i tŷ ni. Ac roedd Mandy'n amlwg yn tynnu 'mlaen yn dda hefo hi. Ond roedd ei thad yn bob enw dan haul ganddi ar yr adegau prin pan fyddai hi'n cyfeirio ato. Doctor o Mozambique oedd o, ond doedd hi ddim yn arddel yr ochr yna o'i chefndir o gwbl.

'Mond un set gyflawn o rieni oedd gynnon ni rhyngon ni, a hwyrach mai dyna un rheswm pam ein bod ni wedi clicio yn y lle cynta. Roedden ni'n gwybod mai'r peth calla oedd peidio gofyn rhai cwestiynau, peidio codi hen grachod.

Pan soniodd am ei rhieni'n gweiddi ar ei gilydd, dwi'n cofio teimlo rhyw eiliad o eiddigedd gwirion. O leia roedd ei rhieni hi wedi aros hefo'i gilydd ddigon hir iddi fedru eu cofio nhw'n gweiddi ar ei gilydd. Wrth gwrs, ddudis i ddim byd o'r fath wrth Mandy.

Roedd fy mam i, mae'n debyg, jest isio rhywbeth mwy ecsotig. Mae'n well gen i feddwl hynny, na'i bod hi jest ddim isio fi. *'Mother ... you had me ... but I never had you.'* Aeth hi dramor hefo'i chariad.

Sgwennodd hwnnw at Dad pan o'n i'n bump i ddweud 'i bod hi 'di marw mewn damwain ar y stryd yn Singapore, ond wnaeth Dad ddim cadw'r llythyr. Nain ddudodd hynna wrtha i; wnaiff Dad ddim sôn am Mam o gwbl.

Liciwn i wybod mwy amdani. Liciwn i wybod pam fod pobl yn gwahanu. Pam fod pobl ddim jest yn siarad hefo'i gilydd?

Pam 'mod i'n methu'n lân â chysgu heno ...?

* * * * *

Eddie
Dydd Llun, 27 Chwefror 1989

Roedd rhywbeth ychydig yn afreal am weithio'r nos. Roedd hi'n dechrau tywyllu'n barod, bob pnawn pan fyddai Eddie'n deffro. Ac roedd hi'n od mynd i'r gwaith yn y nos, gan weu llwybr drwy bobl oedd ar eu ffordd adra neu ar eu ffordd allan i fwynhau eu hunain. Roedd fel nofio yn erbyn y lli. Yr unig olau dydd a gâi Eddie ar hyn o bryd oedd yn y bore, pan oedd o ar ei ffordd adre.

Wrth gerdded 'nôl o'i waith y bore hwnnw, digwyddodd sylwi ar hogyn bach ar y stryd, a'i fam yn twtio'i siwmper cyn ei hebrwng o i'r ysgol. Hogyn penfelyn pedair neu bump oed a'r haul tu cefn iddo yn dân yn ei wallt cyrliog. Wrth gau drws y tŷ, gofynnodd y fam,

'Wyt ti 'di llnau dy ddannadd?'

'Do,' meddai'r hogyn bach, yn angylaidd ddigon, ond

gwelodd Eddie gysgod bach o euogrwydd na welodd y fam wrth iddi fustachu hefo cloeon y drws ffrynt.

'Da iawn,' meddai hithau ac i ffwrdd â nhw i'r ysgol.

Aeth Eddie heibio gan feddwl tybed a fu'n dyst i gelwydd cynta'r hogyn bach. Edrychodd dros ei ysgwydd ar y ddau, ond roedden nhw wedi troi'r gornel a mynd.

Roedd Eddie wedi darllen bod person cyffredin yn gallu dweud cymaint ag ugain mil o anwireddau mewn diwrnod. Roedd hynny'n domen anferth o gelwyddau.

Ac roedd yn ymddangos bod yr arfer yn cydio'n gynnar iawn, hyd yn oed yn y rhai lleia.

Poerodd Eddie i'r gwter. Roedd y fath syniad yn codi pwys arno fo.

* * * * *

Aled
Dydd Mercher, 28 Chwefror 1979

Roedd Mandy a fi ar ein ffordd i Stoke Newington i weld gìg heno.

Gofynnais i Dad pa ffordd fasa ora i ni fynd yno.

Camgymeriad.

Athro hanes ydi Dad, ond pan ti'n 'i weld o hefo map 'sat ti'n taeru mai daearyddiaeth oedd ei bwnc. Dechreuodd adrodd gwahanol ffyrdd posib, ac wrth fy ngweld i'n drysu wrth geisio dilyn ei gyfarwyddiadau, dyma'r A–Z yn dod allan.

Mae'n werth ei weld o hefo A–Z, mae o fel twlsyn cyfarwydd yn ei law. Mae 'i fys yn gwibio ar ei siwrnai, yn neidio i dudalen arall; mae'r tudalennau'n craclo wrth iddo'u troi nhw'n slic, ac yna, tap-tap, mae'r bys yn taro'n awdurdodol ar y stryd sy'n arwyddo pen y daith.

Mae Phyllis Pearsall, awdures yr A–Z gynta, yn ddynes fawr yn ei olwg o.

'Byddai hi'n codi bob bore am bump, cofia, a cherdded

deunaw milltir bob diwrnod yn cofnodi'r strydoedd, a chadw'r nodiada i gyd mewn bocsys sgidia dan ei gwely! Pan ddaeth yr argraffiad cynta allan, ganol y tridegau, roedd hi 'di cerdded dros dair mil o filltiroedd i gyd!'

Dwi'n trio rhannu'i frwdfrydedd o, ond mae'n well gen i sbio ar y mapiau o Gymru sydd gynno fo, yn enwedig y rhai manwl sy'n dangos y ffermydd tu allan i Lanrwst, lle byddai Nain yn chwarae pan oedd hi'n fach. Mae'r map yn gwneud y lle'n fyw i mi, ac mae rhedeg fy mysedd ar hyd yr enwau Cymraeg yn gwneud i mi deimlo 'mod i ar fy ngwyliau.

Mae Dad yn casglu hen fapiau o Lundain hefyd. Bydd o'n pori drostyn nhw weithiau, fel petai o'n chwilio am yr ateb i ryw gwestiwn mawr, rhywbeth llawer mwy na'r ffordd gyflyma o Seven Dials i Seven Sisters.

Bydd o'n cymharu hen fapiau degwm o'r caeau, er enghraifft, hefo'r *A–Z* o'r strydoedd sydd wedi cael eu gosod arnynt. Mae o fel petai o angen mynd i'r afael â Llundain, ei theimlo dan ei fysedd. Ydi enwau'r strydoedd yn Harrow yn coffáu'r ffermydd oedd yno, cyn y sybyrbs? Ydi trywydd stryd yn Holland Park yn dilyn hen ffin rhwng dau gae?

Ddes i lawr un noson, yn methu cysgu. Tua chwech oed o'n i ar y pryd, a dyna lle oedd Dad hefo map mawr o Lundain ar y bwrdd o'i flaen, a mwg yn codi o'i sigarét, gan hel yn gwmwl yng ngolau'r lamp uwch ei ben.

Neidiodd pan welodd o fi, fel taswn i 'di'i ddal o'n gwneud rhywbeth na ddylai o ddim. Gwenodd wedyn pan welodd y dychryn ar fy wyneb innau:

'O'n i'n bell i ffwrdd yn fanna, was ...'

'Be dach chi'n wneud, Dad?'

'Jest sbio sti.'

Es i rownd y bwrdd a sefyll wrth ei ymyl. Rhoes ei fraich am fy sgwyddau.

'Dyma'r ddinas lle geson ni'n dau ein geni,' medda fo.

'Ond Cymraeg ydan ni, ynde Dad?'

'Wel ia, am wn i ... yndan, siŵr iawn!'

Weithiau bydd Dad yn tynnu 'nghoes i, a dweud 'i fod o'n meddwl rhoi'r gorau i ddysgu, ac ailhyfforddi fel gyrrwr tacsi;

'Maen nhw'n deud bod isio naw mis i basio'r *knowledge*; dwi'n siŵr 'swn i'n gallu gwneud hi mewn chwech.'

Ac mae 'na ryw olwg benderfynol yn ei lygaid wrth ddweud hynny, sy'n gwneud iti feddwl mai dyn dwl yn unig fyddai'n peidio â'i gymryd ar ei air.

'*Thanks for puttin us straight, Mr Griffiths,*' meddai Mandy, wrth gau'r A–Z. Dwi'n dweud wrthi sut mae 'Nhad yn meddwl y gallai o wneud y *knowledge* o fewn chwe mis yn lle naw.

''Swn i'n synnu dim,' meddai Mandy, '*but why rush?*'

'*Off you go,*' meddai 'Nhad, dan wenu.

* * * * *

Eddie
Dydd Iau, 2 Mawrth 1989

'Ydi pobl yn mwynhau bod mewn traffig?' meddyliodd Eddie wrth weld ei hun yn cadw i fyny'n hawdd hefo'r ceir oedd yn malwenna i lawr Marylebone Road. Yn sicr, roedd pobl yn siarad amdano fo ddigon. Heblaw am 'y tywydd' neu '*Eastenders* neithiwr', mae'n siŵr mai stad y traffig ar yr heolydd boreol oedd y testun sgwrs mwya poblogaidd ymhlith Llundeinwyr. Neu o leia y rhai oedd yn ddigon gwirion i ddreifio.

Roedd Eddie'n tueddu i edrych i lawr ei drwyn ar berchnogion ceir yn Llundain, efallai am nad oedd ganddo un ei hun. Roedd gyrwyr mor annirnadwy iddo â phetaen nhw'n gwlt dirgel, ie, cwlt oedd yn mynnu bod ei aelodau'n trwytho'u hunain mewn traffig bob bore a nos ... ond i be? Er mwyn iddyn nhw gael myfyrio ar eu presenoldeb yn y llif ... oedd weithiau'n araf ... ac weithiau'n araf iawn?

Neu efallai eu bod nhw'n ceisio ymglywed â'r gorffennol, gan fod Eddie wedi darllen fod pob tagfa draffig yn adlais o ddigwyddiad oedd wedi digwydd funudau, neu hyd yn oed oriau ynghynt. Rhywun yn brecio'n sydyn, efallai, wrth i gi redeg i'r lôn ...

Roedd bywydau'r bobl 'ma'n diflannu mewn traffig. O leia roedd y trenau'n symud yn gymharol ddidrafferth dan y ddaear. Ond faint gwell oedd rhywun dan ddaear, lle doedd neb yn siarad hefo'i gilydd?

'*Few shall greet where many meet at six o'clock in Liverpool Street,*' meddai Idris Davies, ac weithiau byddai Eddie'n teimlo rhyw ddicter ofnadwy yn ei gorddi, wrth wylio'i gyd-deithwyr wedi'u gwasgu'n agos yn y twneli, ac eto'n ceisio ymbellhau oddi wrth ei gilydd.

Ar adegau felly, byddai'n breuddwydio am fynd â phâr o siswrn clipio gwrych hefo fo ar y tiwb er mwyn clirio rhywfaint o'r blerwch yna:

y gwalltia *ponytail* ar y dynion; snip, snip!

y weiars Walkman yn hongian fel *jungle vines*; snip, snip!

a phapurau tabloid hil domlyd Adda; snip, snip!

A rhyw ddiwrnod, efallai y gwnâi o hynny ...

* * * * *

Aled
Dydd Gwener 2 Mawrth 1979

'*I fort the Scots an' the Welsh wuz gonna go for it this time,*' meddai Neville, un o 'nghyd-weithwyr yn y ffatri gardiau.

'*Butcha all voted against it! Wossat all abaht then?!*'

Ro'n innau yn y niwl fy hunan. Doedd dim llawer o sôn 'di bod yn y papurau yn Llundain, a rhywsut ro'n i'n teimlo'n bell i ffwrdd o'r holl drafodaeth. Ond roedd y peth mor syml i mi ag yr oedd o i Neville. O'n i'n cymryd yn ganiataol bod y peth am ddigwydd. Beth aeth o'i le? Falla ga i'r atebion yn Y *Faner* dros yr wythnosau nesa.

Pa fath o genedl ydan ni? Dwi'n teimlo 'mod i isio ysgwyd rhywun!

Wnes i ddweud wrth Dad heno 'mod i am fynd i Fangor, os ga i'r radd dwi angen yn yr arholiad Cymraeg. Roedd ei ymateb yn well na'r disgwyl. Ddeudodd o 'tha i am beidio gwrthod Llundain a Bryste nes o'n i'n hollol siŵr; ac mi wnaeth o bregethu braidd am 'sut y gall gradd yn y Gymraeg gyfyngu ar f'opsiynau i yn y pen draw. Agor rhai drysau ... ond cau eraill.'

Ond wnaeth o ddim gwylltio, o leia. Ro'n i'n meddwl y basa fo ...

Dweud wrth Mandy ydi'r sialens nesa ...

* * * * *

Eddie
Dydd Gwener, 3 Mawrth 1989

Weithiau yn y fflat byddai Eddie yn gwylio'r teledu heb y sain, a chwarae recordiau fel trac sain i'r lluniau. Roedd y canlyniadau yn gallu bod yn ddoniol o addas weithiau. Penliniai dros y Dansette, gyda'r fraich-nodwydd yn yr awyr, yn barod i'w gollwng ar y feinyl du. Roedd 'London Calling' yn troelli, yn barod am y nodwydd. Ar y teledu roedd credits *The Bill* yn rholio'n fud dan draed y blismones a'r plismon. Ac yna logo cwmni teledu Thames ... ac wrth i'r hysbysebion ddechrau, dyma Eddie'n gostwng y nodwydd yn ofalus ar 'Lost in the Supermarket'. Cymrodd joch o'i gan cwrw ac astudio'r effaith wrth i'r gân chwarae dros hysbyseb am fwyd wedi'i rewi.

> *I'm lost in the supermarket,*
> *I can no longer shop happily*

Braidd yn amlwg. Cododd y nodwydd a'i gollwng ar y trac nesa sef 'Clampdown' a newid y sianel wedyn. Prin y gallai gredu'i lygaid! Yn lle'r delweddau lliwgar o ddanteithion yr archfarchnad, daeth siot agos o wyneb gwleidydd, yn gwneud darllediad ar ran y blaid Geidwadol. Perffaith!

49

What are we gonna do now?!
Taking off his turban they said, is this man a Jew?
Cos they're working for the clampdown
They put up a poster saying we earn more than you
when we're working for the clampdown

Roedd geiriau'r gân yn wrthbwynt bendigedig i'r gwleidydd tagellog yn ei siwt a thei trwsiadus. Gwenodd Eddie ac yfed o'r can eto, gan ryfeddu pa mor llonydd oedd llygaid y gwleidydd, er bod ei geg yn symud yn gyflym. Roedd ei wyneb fel dawnsiwr Gwyddelig – y rhan isa'n gwneud pob math o gampau, a'r rhan ucha dan reolaeth lwyr.

We will teach our twisted speech
to the young believers,
we will train our blue-eyed men
to be young believers

Tybed be oedd o'n ei ddweud go iawn? Rhaffu c'lwydda 'beryg, er mwyn ennill fôts. Serch hynny, roedd 'na rywbeth yn ei berfformiad oedd yn apelio at Eddie. Ei geg yn gwenu wrth siarad, a'i lygaid fel llynnoedd chwarel llonydd ... Tybed be oedd yn nyfnderoedd y llygaid yna? Pysgod dall efallai, yn bell o dan yr wyneb ...

A heb y sain go iawn, bron y gellid dychmygu ei fod yn dweud y gwir. Beth bynnag oedd hwnnw ...

Gwagiodd Eddie ei gan cwrw, a'i wasgu yn ei law.

* * * * *

Aled
Dydd Sul, 4 Mawrth 1979

Dydd Sul ydi'r diwrnod mwya sybyrbaidd, ond o leia ym mis Mawrth dwyt ti ddim yn gorfod gwrando ar y peiriannau torri gwair. Dydd Sul ydi'r diwrnod pan mae trigolion Metroland yn cael eu cig, tatws a grefi, mae Duw yn ei semi, ac mae popeth yn iawn yn y byd.

Same old boring Sunday morning
the old man's out washing the car
Mum's in the kitchen
cooking Sunday dinner,
her best meal, moaning while it lasts;
and Johnny's upstairs
in his bedroom sitting in the dark,
annoying the neighbours
with his punk rock electric guitar

This is the sound ...
this is the sound of the suburbs

Ond cyn cinio dydd Sul, mae *homo suburbanus* yn licio mynd am beint i'r dafarn. A dyna lle oedd Mandy a fi'n trio gwyrdroi rhyw fymryn ar eu defod nhw drwy chwarae 'Sound of the Suburbs' gymaint o weithiau ag oedden ni'n meiddio ar y jiwc bocs. Heb gael cic-owt o'r pyb, wrth gwrs. Plentynnaidd braidd, ond roedd hi'n laff gweld y bobl mewn jympars clwb golff yn edrych dros eu sgwyddau, ac yn methu deall pam oedden nhw'n clywed y record aflafar 'ma trwy'r amser.

'Betia i bod nhw ddim yn gwrando ar y geiria,' medda fi.

'Dio'm ots. Ddim dyna pam 'dan ni'n wneud o. *This is all about the triumph of style over content, maan* – dyna sy'n bwysig i'r rhain.'

Digon hawdd dweud 'i bod hi'n stiwdant celf. Roedd hi'n gweld hyn fel *happening*. Ro'n i jest yn licio'r gân.

Ond roedd hi'n iawn am *style* a *content*. Er bod y Drives a'r Avenues a'r Views yn gymaint rhan o Lundain â'r strydoedd yng nghanol y ddinas, maen nhw'n trio smalio na tydyn nhw ddim. Dyna sy'n esbonio'r naws bendefigaidd o wledig sydd gan gymaint o'r enwau strydoedd. Neu yn hytrach y 'Drives', yr 'Avenues' a'r 'Views'. Camp iti gael hyd i 'Street' yn y sybyrbs – er mai strydoedd ydyn nhw.

Ond wedyn mae gan bawb hawl i freuddwydio. Yn ôl Dad, mewn nifer o sybyrbs Llundain roedd sinemâu wedi cael eu codi cyn eglwysi hyd yn oed; palasau breuddwydion yn cael blaenoriaeth ar dai cwrdd.

This is the sound ...
this is the sound of the suburbs

Oes, mae gan bawb hawl i freuddwydio ... ac roedd gen i rywbeth pwysig i'w drafod hefo Mandy. Mynd i Fangor. Ond sut o'n i am wthio'r cwch i'r dŵr?

'Be sy'n cyfri ydi dianc o'r maestrefi mor gyflym ag y medri di,' medda fi, gan ddechrau rhwygo mat cwrw, er mwyn osgoi edrych i lygaid Mandy.

'Hollol,' medda hithau, 'dwi ffansi Camden. *But I'd need to get a job first.*'

A dyna fo. Fedrwn i ddim meddwl sut i droi trwyn y sgwrs yn ôl wedyn, ac felly buon ni'n trafod *Throbbing Gristle* ac Idi Amin, nes oedd gen i domen fach o bapur matiau cwrw wedi eu malu'n fân, fân.

* * * * *

Eddie
Dydd Sadwrn, 4 Mawrth 1989

Prynodd Eddie gopi o *BAMN* mewn siop lyfrau ail-law yn Charing Cross Road. Casgliad o daflenni propaganda o 1968 oedd o, ac roedd o'n dotio at radicaliaeth syml sloganau fel '*Sous les Pavés, la Plage*' ac wrth gwrs *BAMN* ei hun, sef '*By Any Means Necessary*'.

Darllenodd y cyfan ar un eisteddiad, gan brofi pendro'r holl bosibiliadau. Nododd ei hoff ddarnau hefo nodiadau pensil ar ymyl y ddalen. Hanes y beics gwyn yn Amsterdam, er enghraifft.

Yn lle bod *rhai* pobl â beiciau a *rhai* heb, a *phawb* angen mynd o le i le, cychwynnwyd system o adael beiciau gwyn heb eu cloi mewn llefydd cyhoeddus. Roedd unrhyw un yn cael helpu'i hun wedyn, dim ond iddo adael y beic heb ei gloi ar ben ei daith, fel y gallai'r person nesa ei ddefnyddio.

Criw Big Mob yn Llundain wedyn, yn gwisgo fel Siôn Corn ac yn cymryd teganau yn Selfridges a'u rhoi nhw i'r plant a'u rhieni syn, gan rannu taflenni 'run pryd:

> Nadolig – mae i fod yn wych – ond mae'n wael.
> Cyneuwn dân yn Oxford Street, a dawnsio o'i gwmpas.

Grwpiau amrywiol iawn oedd rhain, ond roedden nhw i gyd yn credu mewn gwthio'r ffiniau – ac roedden nhw i gyd yn rhannu'r un ffydd yn eu gallu i newid y drefn. Dyna un peth oedd wedi mynd ar goll yn yr ugain mlynedd oedd wedi mynd heibio. Ers talwm, roedd y wlad yn llawn pobl hefo gobaith yn eu calonnau oedd yn gwirioneddol gredu y gallet ti newid pethau, dim ond i ti logi neuadd, rhannu posteri, a phenodi cadeirydd.

Bellach roedd y gobaith hwnnw wedi'i ddiffodd bron yn llwyr. A chan nad oedd neb bellach yn credu y gallai hyd yn oed gweinidogion llywodraeth newid pethau er gwell, doedd ffaeledigrwydd gwleidyddion ddim yn bwysig rhagor. Gynt roedd disgwyl iddyn nhw ymddiswyddo'n anrhydeddus os bu rhyw gamwedd neu'i gilydd. Bellach doedd neb i weld yn poeni pan oedden nhw'n cael eu dal yn rhaffu celwyddau am werthu arfau i'r gelyn, neu'n derbyn ffafrau gan gorfforaethau rhyngwladol.

Unplygrwydd gwrthryfelwyr '68 oedd yn apelio at Eddie; roedd rhywbeth gonest iawn yn hynny. Cawson nhw i gyd eu chwalu wrth gwrs, ac ailorseddwyd Celwydd. *Never trust an ageing hippy* oedd mantra pync, ond pam lai? Roedd eu syniadau'n iawn. Cael y maen i'r wal oedd y peth.

Ochneidiodd Eddie wrth gau'r llyfr. Weithiau byddai'n meddwl ei fod o'n darllen gormod. Gweithredu oedd y peth. Gwneud nid dweud. Roedd problemau yno i'w datrys. Doedd dim apêl iddo fo mewn cyfraniad sydyn i elusen er mwyn lliniaru dioddefaint a chydwybod yr un pryd – be oedd ei angen oedd crwsâd *back kitchen* yn erbyn anghyfiawnder y byd. *BAMN*. Roedd nerth mewn unigolyn.

Rhoddodd y llyfr yn ôl ar y silff.

* * * * *

Aled
Dydd Iau, 8 Mawrth 1979

'Dach chi 'di sylwi, Dad, fel mae cymaint o sôn yn Gymraeg am "*ein*" hwn ac "*ein*" llall; "*ein* pobl ifanc ni"; "*ein* hiaith a'n diwylliant"; "un o'*n* cantorion mwyaf amryddawn ni"?'

Roedd Dad ar ganol marcio traethodau. Wnaeth o ddim sbio fyny.

'Mae o mor wahanol i'r Saesneg, yn tydi? "*Young people today*" 'sat ti'n ddeud yn Saesneg, nid "*our young people*". Dach chi ddim yn meddwl 'i fod o'n gwneud i ni swnio'n *possessive* braidd? Mae'n swnio ... mor amddiffynnol rywsut.'

Erbyn hyn, ro'n i'n cerdded i fyny ac i lawr y stafell wrth destio ffiniau fy nadl.

'Ydan ni mor brin o adnodda fel bod rhaid sticio rhyw label ar bob dim i'n hatgoffa ni'n hunain mai "ni" biau fo? Gobeithio ddim wir ... Ond wrth gwrs, dim ond drwy gyfrwng y Gymraeg mae hyn yn digwydd, felly siarad hefo ni'n hunain ydan ni p'un bynnag! A siawns bod ni'n gwybod mai'n hiaith *ni* ydi hi a'n pobl ifainc *ni* ydyn nhw, felly ... be 'di'r pwynt?!'

Ochneidiodd Dad.

'Dwn i'm Aled, dwn i'm.'

'Ydi'r syniad o rannu yn fwy canolog i'n profiad ni fel Cymry, tybed? Am bod gynnon ni lai o adnodda yn y lle cynta, falla? Pam 'dyn nhw ddim yn deud hynna'n Saesneg, sgwn i? "*One of our most versatile singers*" ac yn y blaen? 'Dyn nhw ddim yn gorfod bod mor *possessive*, mae'n siŵr.'

'Aled, plis!'

Tewais. Ond rhyw ddydd, liciwn i wybod sut ddaeth y 'ni' Cymraeg 'ma i fodolaeth.

* * * * *

Eddie
Dydd Mercher, 8 Mawrth 1989

Wrth gasglu'i gyflog o'r swyddfa, roedd Eddie wedi holi Sheila, un o'r goruchwylwyr, a oedd rhyw joban arall a gâi o. Roedd o newydd ddechrau gwaith newydd mewn argraffdy ffurflenni i gwmni yswiriant mawr, ac roedd ei fòs newydd yn ddynes yn ei phumdegau oedd yn licio sefyll yn agos iawn ato, ac yn siarad yn awgrymog. Dechreuodd Sheila edrych trwy ei ffeiliau.

'*Did she ask ya to bend over the shelves to clean behind them, so she could look at yer bum?*'

Doedd Eddie ddim yn siŵr sut oedd hi'n gwybod, ond amneidiodd gan gochi.

'*Don' worry*. Ti 'di para'n hirach na'r boi dwytha; '*e asked for a move after jus' one day!*'

Gwenodd ar Eddie, ac estyn ffeil arall.

'Sgen ti ddim problem hefo merched mewn awdurdod, gobeithio?'

Ysgydwodd ei ben. Aeth Sheila yn ei blaen, wrth droi'r papurau yn y ffeil.

'Dwn i'm be sy'n mynd ymlaen hefo hon, cofia ... newydd ysgaru, meddan nhw ...'

* * *

Nhw. Pwy oedd y 'nhw' 'ma 'lly? Bob tro y clywai Eddie'r gair,

dychmygai ryw gwmwl o gysgodion yn gwibio o'r golwg bob tro
y byddai'n troi ei ben.

'Maen *nhw*'n dwedyd ac yn dwndwr
mai rhwng dwy y bûm i neithiwr ...'
'Mae 'na dafarn yn y nefoedd meddan *nhw* ...'

Cofiodd basio tafarn yn Covent Garden adeg gêm Cymru-
Lloegr a chlywed y gân yna yn hedfan allan i'r stryd, i geisio'i
rwydo. Roedd o eisiau mynd i mewn atyn nhw ... ac eto roedd
'na rywbeth yn ei rwystro ...

Roedd hi'n gynnes yn y dafarn. Gallai weld cotiau wedi'u
pentyrru yn y ffenestri a genod mewn sgarffiau coch a gwyn yn
eistedd arnyn nhw, yn pwyso yn erbyn y gwydr, tra oedd y
dynion yn gwlwm ar ganol y llawr yn morio canu,

'A Dewi Sant yw'r barman meddan nhw ...'

Roedd o wedi stopio ar ganol y pafin er mwyn gwrando.
Roedd pobl yn gorfod camu i'r ochr er mwyn ei basio, ac yn
sbio'n flin arno.

Daethai rhyw gryndod drosto, 'rhywun yn cerdded dros ei
fedd ...', ac aeth yn ei flaen drwy'r oerfel, heb fentro i mewn at
y Cymry.

* * *

Crynodd eto wrth gofio. Sylwodd fod Sheila wedi stopio siarad
ac yn edrych arno.

'Ti'n iawn?'
'Ie ... Yndw ... yndw.'
'Well cheer up then! It might never 'appen!'
Rhoddodd hi'r cerdyn hefo cyfeiriad y joban nesa yn llaw
Eddie.
'Yeah, right,' medda fo.
Y gwir amdani oedd ei fod o'n amau fod y cyfan wedi
digwydd yn barod ...
Diolchodd iddi a gadael y swyddfa.

* * * * *

Aled
Dydd Gwener, 9 Mawrth 1979

Heddiw oedd pen-blwydd Nain, er bod tair blynedd ers iddi farw. Does dim llawer o benblwyddi gynnon ni i'w marcio ar y calendar sgynnon ni yn y gegin: Dad ym mis Chwefror, finna yng Ngorffennaf a Mandy ym mis Mehefin, felly bydda i'n dal i roi pen-blwydd Nain a Taid i lawr hefyd. Mae'n dwyn atgofion brafiach yn ôl i Dad a fi na phetawn i'n nodi dyddiadau eu marw, er 'mod i'n gwybod rheini hefyd. Dwn i'm pam, ond mae dyddiadau'n sticio'n 'y mhen i, fel caneuon pop. Tynnu ar ôl 'y nhad ydw i, mae'n rhaid. O ran cofio dyddiadau, o leia.

Mynd i lawr Oxford Street o'n i hefo Mandy, ar y ffordd i Ladbroke Grove i weld y Lurkers. Y ddau ohonon ni'n eistedd law yn llaw yn y sêt flaen, ar lawr ucha'r bws. Wrth fynd heibio Selfridges, dyma glywed llais Nain o flynyddoedd ynghynt:

'Fa'ma wnes i gyfarfod â dy Daid,' – dyna ddywedodd hi wrtha i, un diwrnod yng nghanol y *Food Hall* yn Selfridges.

'Gwesty oedd y rhan yma o'r siop yr adeg honno, a fa'ma oedd *dances* y Young Wales Association.'

Triais ddychmygu'r cyplau'n troelli'n osgeiddig lle safai'r tomenni taclus o Gentleman's Relish, y *quails* mewn *aspic* a'r danteithion estron eraill.

Roedd Nain wedi dod i Lundain 'nôl yn y dauddegau i weithio yn Marshall and Snelgrove, un arall o siopau mawr Oxford Street. Mae'n siŵr gen i mai dyna'r rheswm y byddai hi'n dal i gael ei denu i lawr yno i siopa bob hyn a hyn, gryn hanner can mlynedd yn ddiweddarach. Nid ei bod hi'n prynu llawer – mentro i mewn o'r maestrefi er mwyn ailbrofi bwrlwm canol y ddinas fyddai prif ddiben yr ymweliadau hyn. A byddwn innau'n mynd hefo hi weithiau i gadw cwmni iddi.

Soniais am hyn wrth Mandy ond dywedodd hi 'mod i'n meddwl gormod am y gorffennol. Mi wnes i ei hatgoffa hi ein bod ni ar ein ffordd i weld y Lurkers – ar ei chais hi, er mwyn ail-fyw ein gorffennol ni! Dechreuon ni chwerthin, a does dim byd fel chwerthin yn y sêt ffrynt ar lawr ucha bws i wneud i ti deimlo'n well am y byd.

Sgwn i be fyddai Nain wedi'i feddwl o Mandy ...?

* * * * *

Eddie
Dydd Iau, 9 Mawrth 1989

Aeth bws heibio ffenest y dafarn. Roedd llun pysgodyn ar ei ochr ond roedd Eddie wedi meddwi gormod i ddarllen be oedd o'n ei hysbysebu. Roedd o wedi cerdded heibio i sawl sgotwr ar y gamlas ar ei ffordd yma. Diffiniad o sgotwr: bachyn yn un pen, a rhywun sy'n methu bachu yn y pen arall.

Swn tafarn. Roedd arwydd uwch y bar yn dweud, 'You should try everything once – except incest and Morris Dancing'. Syllodd Eddie i'w beint gan feddwl am fronnau, a sgotwrs, a bod isio bwyd arno fo.

Darfu'r gadwyn feddyliol yn fanno, a daeth Eddie'n ymwybodol eto o swn pobl yn siarad yn y dafarn. Yn ymwybodol o'r swn, nid o'r siarad; nid y ffeirio ystyr ac ystrydeb, dim ond y swn. Desibels pur yn rhuo fel môr yn ei glustiau.

Roedd o fel petai wedi taflu rhyw swits yn ei ben ac wedi llwyddo i diwnio allan o'r trin a'r trafod, dewis peidio deall a chlustfeinio. Fel eistedd mewn *Ukrainian Club* (fel y gwnaethai un pnawn ar ben ei hun) yn methu deall gair. Roedd rhywbeth yn braf yn hynny weithiau. Gwrandawodd eto ar y môr o leisiau, y tonnau chwerthin a thincial gwydrau fel cerrig ar draeth:

'Oi! This ain't a doss 'ouse! Drink up an' go 'ome if ya wanna kip!'

Roedd yr hogan tu ôl i'r bar yn ei ysgwyd o'n effro. Cododd yn ansicr ar ei draed, llyncodd y cegiad chwerw oedd yn weddill o'i beint ac estyn y gwydr gwag i'r hogan. Teimlai fod yn rhaid iddo ddweud rhywbeth, er bod ei dafod yn dew, ac roedd yn rhaid siarad yn ofalus-ofalus rhag slyrio'i eiriau:

'Dwi'n gwneud yn siŵr 'mod i'n cael deg diwrnod sych ym mhob mis ... *unfortunately, today isn't one of them*. Nos dawch.'

Anelodd am ddrws y dafarn, ond hyd yn oed yn ei stad feddw, synhwyrai mai peth gwirion iawn i'w ddweud oedd hyn. Edrychodd yn ôl, ac roedd ymateb dirmygus hogan y bar yn tueddu i gadarnhau hynny.

* * * * *

Aled
Dydd Gwener, 9 Mawrth 1979

Roedd y gìg yn laff. Ddeunaw mis ynghynt roedd y Lurkers ar i fyny. Roedden nhw newydd gyhoeddi'u halbym cynta, *Fulham Fallout*, ac er nad oedd hwnnw'n llwyddo i gyfleu *buzz* y perfformiadau byw, roedd pethau'n mynd yn dda iddyn nhw.

Ddeunaw mis ynghynt roedden ni wedi ciwio droeon i'w gweld nhw yn Dingwalls, neu'r Marquee. Heno roedden nhw'n chwarae fyny grisiau mewn tafarn ddi-nod yn Ladbroke Grove, heb fownsar ar y drws hyd yn oed, dim ond dynes mewn anorac wrth waelod y grisiau, yn hel pres mewn tun.

Roedd 'na 'boster' mewn beiro goch ar y wal tu ôl iddi yn cyhoeddi:

The Lurkers.
Tonight
£1.00
(UB40 50p)

I fyny â ni, i mewn i stafell hirgul oedd yn dal tua chant, hefo llwyfan yn y pen pella a bar wrth dop y grisiau. Roedd hi'n hanner llawn yn barod, a'r awyr yn dew gan fwg a desibels y DJ ar ochr y llwyfan. Roedd offer hwnnw mor ddi-ffrils â'r poster lawr grisiau, hefo'i ddau ddec ar fwrdd trestl pren a dau lond cratsh bara o senglau wrth ei draed. 'Peaches' oedd yn chwarae gynno fo wrth i ni ddod mewn ac ymuno hefo'r bobl oedd yn ciwio wrth y bar, gyda'u gwydrau plastig gwag yn eu dwylo.

I can think of a lot worse places to be
Like down in the streets
Or down in the sewer
Or even on the end of a skewer

Cydiodd Mandy yn fy mraich a gweiddi yn fy nghlust:
  'Mae hyn yn briliant, Al!'
  Edrychon ni o'n cwmpas, a gweld bod y rhan fwyaf yn gwybod y geiriau, yn eu llafarganu gydag arddeliad. Roedd eu pennau'n symud fel pennau c'lomennod er mwyn pwysleisio'r geiriau acennog,

/   /   /   /
Walking on the beaches, looking at the peaches

Roedden nhw'n edrych fel petaen nhw'n sgwrsio â nhw'u hunain yn y drych – ond dyna'r unig gyfathrach eiriol oedd yn bosib gyda lefel y miwsig mor uchel. Ac i griw o hen pyncs a *fellow travellers* fatha ni, mae'n siŵr fod 'sgwrs' felly, a oedd wedi'i hadeiladu o linellau pa gân bynnag oedd yn digwydd bod yn chwarae ar y pryd, yn sgwrs lawn mor ystyrlon â rhoi dy fys yng nghlust dy gymar cyn bloeddio rhywbeth am Callaghan neu Queens Park Rangers.
  Ar ôl cael peint yr un, dyma symud tua chanol y llawr. Doedd fiw i ni fynd ddim nes at y llwyfan am fod criw o *skins* yn bownsio oddi ar ei gilydd i gyfeiliant 'Sham 69'. Roedd sawl un hefo peint yn ei law, a'r lagyr yn tasgu fyny'n ffynnon i'r awyr pan gâi glec annisgwyl. Ond gan eu bod nhw i gyd wedi tynnu'u crysau doedd neb i weld yn poeni am wlychu fel hyn – ac roedd pawb arall yn cadw'u pellter.

'*Don' worry, they're cool*,' meddai'r boi nesa aton ni, gan amneidio at y *skins*, '*they're not NF.*'

Roedd o'n gwisgo crys T gwyn hefo'r geiriau canlynol wedi'u sgwennu mewn *marker pen* du: '*All rôles are cages, so don't display, play!*'

Gofynnodd i Mandy oedden ni wedi gweld y Lurkers o'r blaen.

'Do,' meddai hi a dechrau esbonio fel bydden ni'n mynd i'w gweld nhw ers talwm.

Ddudis i ddim. Dyddiau hyn, roedd yn well gen i *ska*, ond roedd Mandy'n dal i licio nihilistiaeth pync. Aeth hi'n flêr rhyngddon ni un noson, pan o'n i'n canu clodydd 'Gangsters' ac yn rhyfeddu nad oedd hi'n ei licio hefyd.

'*So you think I should like this shit just because I'm half-caste?*'

Caeais i 'ngheg yn glep. Do'n i ddim wedi meddwl y ffasiwn beth o gwbl, ond yn fwy na hynny ro'n i'n synnu at ffyrnigrwydd ei hymateb hi. Pam oedd hyn wedi taro'r fath nerf?

Erbyn hyn roedd Mandy'n gyrru 'mlaen yn dda hefo'n cyfaill-mewn-crys-hynod-ymhonnus, oedd yn amlwg yn un o geidwaid y ffydd lle oedd y Lurkers dan sylw. Hynny ydi, anorac, mewn geiriau eraill. Ro'n i'n licio'r Lurkers yn iawn – roedd 'Shadow' yn dal i fod yn un o'm hoff senglau i – ond do'n i ddim isio gwbod pa liw oedd sanau'r cynhyrchydd ar ddiwrnod y recordio. Troes Mandy yn ôl ata i er mwyn trio fy nghynnwys i yn y sgwrs.

'Mae Mike yn deud mai mam Esso ydi'r ddynas mewn anorac sy'n hel pres lawr grisiau!'

(Esso oedd drymar y Lurkers. A Mike oedd hwn, mae'n debyg.)

'O,' me' fi. 'Tisio diod arall?'

Gwgodd arna i, gan ofyn rhwng ei ddannedd:

'Ti'm am gynnig un i Mike, 'ta?'

'Ia ... iawn ... *wanna pint*, Mike?'

'*Cheers*,' medda hwnnw.

'A' i at y bar 'ta.'

Wnaeth hi ddim cynnig dod hefo fi, fel o'n i 'di gobeithio.

'Mi gaiff hi a "Mike" ddigon o gyfle rŵan i ffeirio rhifau ffôn,' me' fi yn chwerw wrtha i fy hun, cyn sylweddoli pa mor bathetig oedd meddwl y fath beth. Wrth sefyll wrth y bar, dyma ddechrau cydganu hefo sengl y Buzzcocks oedd yn taranu dros y system sain.

You spurn my natural emotions
you make me feel I'm dirt and I'm hurt
and if I start a commotion
I run the risk of losing you and that's worse

* * *

Dair awr yn ddiweddarach, roedden ni ar y ffordd 'nôl i Kenton ar y bws ola. Roedden ni'n rhynnu erbyn hyn, wedi oeri, ar ôl dawnsio nes oedden ni'n chwys doman yn y dafarn. Roedd yr awyr yno fel cawl chwys erbyn y diwedd; anodd credu bod cymaint o wlybaniaeth poeth yn gallu hongian ynddi; ac roedd fy nghlustiau'n teimlo fel petaen nhw'n llawn wadin ar ôl i ni stwffio'n hunain lawr at flaen y neuadd, reit o flaen y sbîcars.

Roedden ni wedi closio eto wrth neidio o gwmpas i gyfeiliant y Lurkers.

Roedd pen Mandy yn pwyso yn erbyn fy ysgwydd rŵan, a finnau'n teimlo ychydig yn wirion am bwdu ynglŷn â Mike gynnau. Wedi'r cyfan, roedden ni'n dau ar y ffordd adra mewn bws hefo'n gilydd, a lle oedd o? Yn sefyll ar blatfform tiwb? Yn prynu *kebab*? Pa ots? Roedd wedi cilio i ymylon ein byd.

O'n i'n dychmygu'r bws fel llong ar gefnfor y ddinas, yn cadw at y sianeli oedd wedi eu marcio drwy'r tywyllwch gan oleuadau'r stryd. Petawn i fil o droedfeddi i fyny yn yr awyr, byddai'r cyfan yn glir. Fel gwaed wedi'i liwio ar gyfer pelydr X, a'r celloedd i'w gweld yn glir yn rhuthro ar hyd rhydwelïau'r priffyrdd ac yn symud yn arafach lawr is-wythiennau'r strydoedd cefn.

Cusanais dop ei phen hi wrth iddi bendwmpian ar fy ysgwydd, a'i llaw yn fy llaw, ac Oxford Street yn ymagor yn neon o'n blaen.

Doeddwn i'n dal ddim wedi sôn wrthi am fy nghynlluniau coleg. Tybed ai dyma'r amser iawn? Penderfynais roi cynnig arni.

'Mandy? Paid â mynd i gysgu … gen i rwbath dwisio'i drafod hefo chdi …'

* * * * *

Eddie
Dydd Gwener, 10 Mawrth 1989

Roedd Eddie'n gorwedd rhwng cwsg ac effro, ac roedd rhywun wedi codi top ei ben i ffwrdd fel caead bocs. Doedd dim gymaint â hynny o ots gynno fo – roedd o'n cysgu wedi'r cyfan – ond roedd o'n clywed rhyw hen ddrafft annifyr ar ei ymennydd. Fel bod rhwng cwsg ac effro ar y traeth pan fo'r haul yn mynd tu ôl i gwmwl.

Peidiodd y drafft ond rŵan gallai deimlo llaw rhywun yn ymbalfalu yn ei ymennydd, mor ffwrdd-â-hi â phetai'n chwilio am buntan mewn pocad jîns. Ond nid goriada a hancas oedd yn troelli dan Magimix y bysedd estron, ond ei *cerebellum* a'i *medulla oblongata*. Roedd y tylino medrus hwn yn cosi ychydig, yn enwedig pan ddechreuodd y bysedd dynnu geiriau o grombil y cortecs. Geiriau Cymraeg. Ansoddeiriau na welodd ers talwm. Berfau anghofiedig. Arddodiaid oedd fel newydd, oedd yn dal yn eu seloffên. Nid eu bod nhw mewn trefn a wnâi unrhyw synnwyr iddo.

'Wystrys …'
'Gwerdd …'
'Cymerth …'
'Erof', 'erot', 'erddo', 'erddi …'
Teimlodd Eddie ryw wewyr annifyr. Beth petai ei frên yn

cael ei wagio'n llwyr? A'r hemisfferau wedi'u dihysbyddu yn slapio yn erbyn tu fewn ei benglog fel ceilliau gwibiwr mewn *lycra* benthyg. Beth petai ei farbwr yn gollwng ei rasal wrth siafio'i wallt, a'i ben yn atseinio fel drwm?

Ond doedd dim isio iddo fo boeni. Am bob gair a dynnwyd allan rhoddwyd gronyn o dywod yn ôl yn ei le. Gallai deimlo'i ben rŵan yn llenwi'n ara bach fel powlen siwgwr, ac roedd cwsg yn gwahodd unwaith eto ... Nes iddo sylweddoli bod y tywod yn gorlifo, ac yn treiglo i lawr i'w geg. Llyncodd gymaint ag y medrai, ond roedd y tywod yn sychu'i boer ac yn crafu'i wddw. Roedd fel llyncu drain, ac roedd y tywod yn dal i dreiglo, yn dal i ddod ...

Neidiodd Eddie i fyny ar ei eistedd yn y gwely, fel dyn yn boddi, yn cwffio-nofio 'nôl at wyneb y llyn. Ei geg yn llydan lowcio'r awyr iach fel sgrech i'w ysgyfaint. Dim ond wedyn y deallodd ei fod o *wedi* deffro, wrth glywed ei galon yn atseinio fel sgidiau hoelion mawr yn rhedeg i lawr twnnel tanddaearol.

Disgynnodd yn ôl ar wastad ei gefn, yn falch o fod yn fyw, ac eto'n ofni cau ei lygaid, nes i'r drychiolaethau gilio'n gynta ...

* * * * *

Aled
Dydd Sadwrn, 10 Mawrth 1979

Neithiwr, ro'n i yn cysgu ar soffa Mandy am fod ei mam hi adra; ac yn methu cysgu am 'mod i isio piso, ond ddim isio mynd i fyny grisiau i'r toiled, rhag ofn i fam Mandy ddeffro a meddwl 'mod i'n anelu am lofft ei merch. (Dim bod 'na fawr o obaith yn fanno; derbyniad digon oeraidd o'n i 'di'i gael i'r newydd am fynd i Fangor.)

Roedd pethau'n well dros frecwast, a'i mam a hithau mewn hwyliau da. Tua un ar ddeg es i 'nôl adra at Dad. Roedd o 'di cynhyrfu braidd.

'Fuest ti'm adra neithiwr, naddo?'

'Naddo. Wnes i ffonio i ddeud 'mod i'n aros yn lle Mandy.'

'Do ... do ... wel, dwn i'm sut mae esbonio hyn 'ta. Tua un o'r gloch, es i i'r tŷ bach, ond o'n i'n methu mynd am dy fod ti yno. Ddest ti allan wedyn a mynd am dy lofft heb ddeud gair. Es i i jecio wedyn dy fod ti'n iawn ... ond roedd y llofft yn wag.'

'Mae'n rhaid bo' chi'n breuddwydio.'

'Mae'n rhaid – ond roedd hi'n fwy real na'r un freuddwyd ges i erioed.'

Ro'n i'n gweld o'i lygaid nad oedd o'n credu mai breuddwyd oedd hi – ond *fues* i ddim adra neithiwr, felly mae rhaid fod o'n dechrau colli arno fo'i hun. Neu mae gen i *doppelganger*!

Be sy'n rhyfedd ydi hyn; tua un o'r gloch ro'n i'n gorwedd ar soffa yn fflat Mandy yn meddwl am biso, sef yr un pryd ag y mae Dad yn meddwl iddo fo fy ngweld i ... Ond wnes i ddim rhannu hynny hefo fo, rhag ei gynhyrfu o eto.

Sgwn i oedd o 'di bod yn yfed ...?

* * * * *

Eddie
Dydd Sadwrn, 11 Mawrth 1989

Roedd ffilm fud yn cael ei dangos yn yr NFT unwaith eto, felly aeth Eddie yn y gobaith o glywed yr hen ddynes yn cyfeilio eto. Boi ifanc pen moel oedd wrthi y tro hwn, ond os oedd hynny'n siom, roedd y ffilm ei hun yn wych.

Schatten neu 'Cysgodion' oedd ei henw ac fe gafodd ei gwneud yn yr Almaen yn y dauddegau. Ar ddechrau'r ffilm, roedd yr arglwydd a'i wraig yn disgwyl y pypedwr fyddai'n diddanu eu gwesteion, sef dau ddyn ifanc oedd yn trio cuddio'r ffaith eu bod nhw'n ffansïo gwraig yr arglwydd. Dyma'r pypedwr yn cyrraedd, dyn gwyllt ei olwg, ac ar ôl gosod ei offer, defnyddiodd gysgodion ei bypedau i berfformio stori am driongl cariad. Roedd y gwesteion wedi eu hudo gan y stori i'r fath raddau fel y bu i'r pypedwr ddwyn eu cysgodion nhwthau hefyd i gymryd rhan yn y ddrama! A dyma'u cysgodion nhw wedyn yn actio'r ffantasïau y buon nhw'n ceisio'u celu, sef caru hefo gwraig yr arglwydd.

Aeth pethau o ddrwg i waeth wedyn ymhlith cysgodion y cymeriadau hyn. Roedd cysgod yr arglwydd yn gandryll, ac ar ôl clymu'i wraig anffyddlon, estynnodd gleddyfau i'w gwesteion a'u gorchymyn i'w lladd hi! Ar ôl ei thrywanu, trodd cysgodion y gwesteion ar yr arglwydd a'i ladd yntau hefyd trwy ei daflu allan trwy'r ffenest i'r stryd islaw.

Yna, toddodd y cyfan yn ddu ar y sgrin ... a'r peth nesa welwyd oedd y pypedwr yn rhoi cysgod pawb yn ôl iddyn nhw wrth iddyn nhw gysgu. Yn yr olygfa ola, roedd yr arglwydd a'i wraig yn fodlon unwaith eto, ac yn gwylio'r gwesteion ifainc a'r pypedwr yn gadael trwy borth y plasty wrth iddi wawrio.

Cerddodd Eddie adre wedyn, wedi'i hudo gan y syniad y gallai cysgod weithredu'n annibynnol ar ei berchennog. Wrth iddo gerdded ar hyd Southwark Street, roedd ei gysgodion yntau'n dewis ei ddilyn (am y tro, beth bynnag), a'r gwahanol lampau stryd yn eu rhannu i gyfeiriadau gwahanol, un ar y wal wrth ei ymyl, un ar y pafin tu ôl iddo, ac un arall yn ymestyn o'i flaen.

* * * * *

Aled
Dydd Sadwrn, 17 Mawrth 1979

'Ma' hi 'di gadel iti ddod mas i whare, 'te?'

Ysgydwais i law â Davies, gan anwybyddu'r cyfeiriad at Mandy. Ro'n i wedi mynd â hi lawr i wylio'r rygbi yn Old Deer Park unwaith ac roedd yn drychineb. Doedd hi ddim yn licio'r gêm a dechreuodd Davies a hitha ffraeo.

Heddiw, roedd Cymru'n chwarae yn erbyn Lloegr, felly ro'n i wedi dod lawr i'r Clwb yn Gray's Inn Road i wylio'r gêm ar y sgrin fawr hefo Davies. (Hefo fo a'i dad y byddai 'nhad a finna'n eistedd i wylio'r London Welsh ers talwm; roedd Gwyn, ei dad, yn arfer canu yn y côr ieuenctid hefo Dad 'nôl yn y pumdegau.)

Mae wastad yn fwy o hwyl gwylio'r gêm ynghanol bwrlwm y Clwb, yn hytrach nag mewn tawelwch adra. (Er bod rhywbeth yn rhyfedd mewn gweiddi anogaeth ar chwaraewyr sy'n methu dy glywed di! Ond os ydi pawb arall mewn stafell orlawn yn gwneud hefyd, mae bron cystal â bod yn y gêm ei hun. Ac mi gei di beint hefyd.)

O'r gic gyntaf, roedd 'na densiwn yn yr awyr, y lle'n gyforiog o hen ysfa am fuddugoliaeth, pawb â'u sgarffiau coch a gwyn am eu gyddfau, a pheint yn y llaw i iro'r llwnc rhwng gweiddi. Ond rywsut roedd o'n densiwn creadigol, achos wrth weiddi, cnoi ewinedd neu jest rhythu'n flin ar y dyfarnwr, roedden ni'n gallu teimlo ein bod ni'n helpu i ewyllysio'r fuddugoliaeth. A dyna a gaed!

Ar ôl y siom yn erbyn Ffrainc yn y gêm ddiwethaf, wnaethon ni stwffio Lloegr, yn enwedig yn yr ail hanner, ac ennill 27-3. Coron Driphlyg eto, am y pedwerydd tro yn olynol! Roedd 'na ganu da yno wedyn, ac mi wnes i ffonio Dad i ddweud wrtho am ddod lawr i'r Clwb i ddathlu hefyd, ond roedd o wedi setlo am y noson yn y tŷ, meddai.

Yn nes ymlaen, mi wnaethon ni gyfarfod â Rhian a Mari o Frongest yn Sir Aberteifi. Mae Rhian yn nyrsio yn Ysbyty Charing Cross, a'i chwaer wedi dod i lawr am y penwythnos. Gweithio mewn ffatri ffrogiau priodas mae hi.

'Gwneud nhw *to measure* dach chi?' gofynnodd Davies.

'O na, dim o gwbwl,' medda hitha, '*off the peg*; mae pob seis 'da ni, o Twiggy lan i Vedwen Tentage!'

A dyma'i chwaer a hitha'n dechra glana chwerthin, a Davies a finna'n sbio'n hurt ar ein gilydd.

'Vedwen Tentage, 'chan! T'mod, y cwmni sy'n sypleio'r tents ar gyfer y Steddfod!'

'O ... reit!'

Chwarddon ni'n dau o ran rhyddhad yn fwy na dim.

'So chi 'riôd yn gweud 'tha i bo' chi heb fod yn y Steddfod o'r bla'n?'

'Wel, naddo, deu' gwir.'

'Jiawl, bydd raid i chi fynd 'te.'

Roedd Davies yn ffansïo'r syniad, yn enwedig pan ddeallodd fod Rhian am fynd, ond mi fydda i ar y Cyfandir hefo Mandy. Flwyddyn nesa, ella ...

* * * * *

Eddie
Dydd Sadwrn, 18 Mawrth 1989

Agorodd Eddie'r pecyn McVities.

'Angau a'r sgedan joclet,' meddai wrtho'i hun. Swniai fel teitl nofel ... ond ar ganol bwyta sgedan joclet oedd o y tro cynta iddo sylweddoli ei fod o'n mynd i farw. Rhyw bump oed oedd o, a'i nain yn ei warchod y noson honno.

Amser gwely oedd hi, ac yn ôl y drefn deuluol, ar ôl newid i'w byjamas, roedd o wedi cael dod lawr grisiau yn ei ddresing gown British Warm, hefo'r cortyn â'r tasls bob pen (wedi ei glymu'n dynn i gadw'r oglau bath i mewn). Yn unol â'r arfer, roedd o wedi cael sgedan joclet a diod o lefrith. Byddai o wastad mor dawel â phosib tra oedd o'n bwyta'r sgedan ac yn yfed y llefrith. Trwy beidio â thynnu sylw ato fo'i hun, weithiau gallai wylio hanner *Z Cars* ar y slei cyn i'r oedolion sylwi ei fod o'n dal ar ei draed.

Ond y noson honno, yn hollol ddisymwth, roedd holl wae'r byd wedi cau amdano, a phrofodd yr anobaith eithaf wrth sylweddoli y byddai o, ryw ddiwrnod, yn darfod fel y glasiad o lefrith yn ei law; yn peidio â bod, fel y sgedan oedd ar ei hanner yn y llaw arall.

Nid ei fod o wedi rhesymu'r peth fel yna ar y pryd. Flynyddoedd wedyn yr oedd y *thesis* yna wedi ymgynnig i'w feddwl, wrth ailymweld â'r atgof arbennig yma. Roedd Eddie yn ymwybodol pa mor hawdd y gallai rhyw ddychmygion fel'na stumio'r cof, pe na bai dyn yn ofalus. Roedd o wastad yn trio bod mor onest a gwrthrychol â phosib ynglŷn â'i orffennol ei hun.

Allai o ddim bod yn *sicr* mai sylweddoli fod y llefrith a'r sgedan yn diflannu wnaeth sbarduno ei iselder. Beth oedd o'n gofio'n bendant? Dim ond ofn fel düwch yn ei dagu, a dagrau tawel yn powlio. Llefrith yn un llaw a sgedan joclet yn y llall. Ei nain yn gofyn beth oedd yn bod.

'Dwi-dwi-dwi-m-m-misio marw, Nain!'

Ei nain yn gafael ynddo ac yn dweud dim, dim hyd yn oed pan gollodd rywfaint o lefrith lawr cefn ei blows hi.

'Hidia befo,' meddai'i nain, a thrio gwneud iddo chwerthin. Pan welodd nad oedd dim yn tycio, gwthiodd wyneb ei hŵyr yn ôl yn dyner i loches ei hysgwydd cyn ei siglo fo drachefn.

'Hidia befo ... hidia befo ...'

Fel'na oedd y peth wedi digwydd? Erbyn meddwl, doedd Eddie ddim yn siŵr am y darn ola. Roedd cof pendant ganddo am ollwng llefrith ar flows ei nain, ond tybed ai ryw dro arall roedd hynny wedi digwydd? Fedrai o ddim bod yn siŵr ...

Bob hyn a hyn, byddai'r ofn yn dod 'nôl i'w lethu. Yn enwedig pan fyddai'n teimlo'n fregus ar ôl goryfed. Teimlai fel sgrechian weithiau ... ond heno edrychodd allan dros y toeau a mwynhau'r tawelwch. Gwrandawodd ar sŵn ei ddannedd ei hun yn malu'r sgedan yn siwrwd;

yn bast;

cyn gwrando ar sŵn llai y llyncu bach a olygai fod y sgedan wedi mynd.

* * * * *

Aled
Dydd Mercher, 21 Mawrth 1979

Roedd Mandy isio sgetsio, ac ro'n i wedi wanglo amser rhydd i gadw cwmni iddi. Wnaeth hi osod ei stondin o dan Holborn

Viaduct, a dechrau gwneud *studies*, chwedl hithau. Roedd ei llygaid fel camera, yn pigo siapiau ac onglau diddorol allan o ganol yr adeiladau gwahanol oedd ar bob llaw. To Smithfield, er enghraifft. Mainc o haearn bwrw ar y pafin. Adlewyrchiad hen swyddfa Fictoraidd yn ochr wydr adeilad newydd. Roedd ei phensil yn hedfan dros y papur.

Eisteddais hefo hi i ddechrau ond roedd hi wedi ymgolli yn ei gwaith. Roedd caffi yr ochr arall i'r stryd, felly es i fanno a darllen Ellis Wynne ar gyfer fy arholiad, gan gario paneidiau allan iddi bob hyn a hyn. Roedd hi wedi'i lapio fel nionyn yn ei *parka* ac yn gwenu'n sydyn wrth gymryd y cwpan, cyn gwyro'i phen dros ei gwaith. Ddylswn i fod wedi adnabod yr arwyddion, ond yn lle hynny, triais ddweud rhywbeth diddorol er mwyn tynnu sgwrs, ond rywsut daeth y cyfan allan yn rong ac ro'n i'n teimlo'n rêl prat.

'*Did you know that the word for sex is one of the most commonly used words in the Welsh language?*' medda fi. (Wel, dyna ti ffordd anaddawol o gychwyn sgwrs, ynde? Be oedd ar 'y mhen i?) Mi rois i frawddeg o Gymraeg iddi wedyn fel enghraifft:

'... *rhyw* feddwl o'n i, 'swn i'n mynd i'r dre am *rhyw*faint, a *rhyw* hongian o gwmpas nes imi dy weld ti. Rhyw. *That means sex.*'

'*Really* ...' meddai, yn sarcastig braidd. (Wel, chwara teg, mae'n siŵr nad oedd o'n ddiddorol o gwbl iddi hi.)

'*It means "some" as well* ...' me' fi.

Dim ond tuchan wnaeth hi. Wnes i bwdu braidd, a mynd o'na, ond roedd hynny wedi'i hen anghofio erbyn i ni fynd i dafarn y Cheshire Cheese am ginio. Roedd pob dim yn mynd yn iawn nes i mi drio gwneud argraff arni unwaith eto, a dweud:

'Roedd Dr Johnson yn arfer yfad fa'ma, sti.'

'Lle mae'n yfad 'ŵan 'ta?'

Ro'n i ar fin esbonio mai dyn o'r ddeunawfed ganrif oedd o, cyn sylweddoli mai tynnu coes oedd hi.

'*I ave 'eard of 'im, you know! The dictionary bloke, wazn' 'e?*'

Cymerais lowc o 'mheint i guddio f'embaras ... ond fedar glas peint ddim cuddio clustia coch.

'*You arn' 'alf patronising sometimes, Aled!*'

Ond o leiaf roedd 'na wên ar ei hwyneb yn ogystal â'r cerydd yn ei llais.

* * * * *

Eddie
Dydd Mawrth, 28 Mawrth 1989

Roedd pethau'n newid, yn ôl yr *Evening Standard*. Roedd Yeltsin wedi rhoi chwip din i Gorbachev yn yr etholiadau yn Rwsia. Roedd sôn bod dyfodol newydd ar y gorwel – ei bod hi'n bosib byw heb gysgod y bom, hyd yn oed.

Torrodd llais cras ar fyfyrdod Eddie.

'*I nevah fort I'd go in an aeroplane, know what I mean?* O'n i 'rioed 'di bod dim pellach na Margate, a faswn i ddim 'di mynd dim pellach oni bai am y geg 'ma sgin i ...'

Ciledrychodd Eddie o'i bapur newydd ar yr hen ddynes drws nesa iddo ar y platfform yn siarad hefo'i ffrind. Roedd ganddi lais smociwr a wyneb i fatsio; ei chroen fatha bag papur wedi'i sgrwnsio'n belen ac yna ei lyfnu'n fflat yn ôl.

'*My Joe always said I 'ad a mahff on me, bless 'im* – felly pan ddaru Jeanie a Ron sôn 'u bod nhw'n mynd i Majorca, *I sez to 'em I wouldn' mind comin' an' all*. Wel, toedd 'na ddim bagio allan i fod wedyn, nag oedd?'

Plygodd Eddie ei bapur a dringo i'r trên, yn un o'r dorf. Torf ddigon tebyg, mae'n siŵr, i'r torfeydd yn Moscow a Budapest, lle roedd pethau'n dechrau newid. Be felly oedd yn troi'r dorf yn rym, be oedd yn achosi i ddyheadau droi'n llanw nerthol fyddai'n sgubo popeth o'i flaen? Sut oedd yr arweinydd yn gwybod pryd i ddringo allan o'r dŵr, codi'n simsan ar ei fwrdd syrffio, ac yna syrffio'n ogoneddus i'r lan ar don hanes?

Ai mater o ewyllys oedd y cyfan? Roedd Eddie'n credu'n gryf

ym mhŵer y meddwl. Pan oedd o'n un ar ddeg, byddai'n cael y poenau mwya ofnadwy yn ei fol. Mi ddywedodd y doctor mai llyngyr oedd arno fo a rhoi cwrs o ddiod swlffwr iddo, y peth mwya afiach iddo ei brofi erioed. Wythnos o gwrs gafodd o, a byddai'n dechrau poeni amser gwely y noson cynt am y ddos oedd i ddod fore trannoeth. Roedd hi mor afiach â hynny.

Beth bynnag, ddaeth y llyngyren ddim i'r golwg ac roedd y poenau'n parhau. Ond erbyn hynny roedd o wedi dysgu rheoli'r peth. Byddai'n eistedd ar ymyl y bath ac yn sbio ar siâp arbennig ym mhatrwm y leino nes iddo golli ffocws ar bopeth arall. Byddai'n canoli'i feddwl i gyd ar y siâp yn y leino, ac yn raddol bach gallai fwrw ei boen i mewn i'r siâp ar y leino nes iddi gilio'n llwyr o'i gorff.

Roedd yr ewyllys, felly, yn arf bwerus, ond gwyddai'n iawn fod eisiau llawer mwy na hynny i newid pethau. Be oedd yn gwneud i'r dorf droi o blaid newid, a dewis *perestroika?*

Neu ddewis Majorca yn lle Margate? Gwyliodd yr hen ddynes a'i ffrind yn dringo allan o'r trên yn Lambeth North.

Tybed oedden nhw'n gwybod yr ateb?

Tybed oedden nhw'n poeni am y cwestiwn?

Diflannodd y ddwy yn y dorf, cychwynnodd y trên ac yna diflannodd y stesion i ddüwch y twnnel.

* * * * *

Aled
Dydd Iau, 29 Mawrth 1979

'Mae pethau'n newid!' meddai Dad.

Gwylio *By-election Special* oedden ni, a'r Rhyddfrydwr wedi chwalu mynydd o fwyafrif Llafur er mwyn ennill yn Lerpwl.

'Gei di bleidleisio ym mis Mai rŵan, yn cei?'

Roedd Callaghan wedi cyhoeddi y byddai'r etholiad ar y trydydd o Fai. Ond doeddwn i ddim yn gwrando. Roeddwn i'n sbio ar yr un llun ohonom fel teulu, ar y silff ben tân. Minnau'n fabi ym mreichiau Mam, Dad â braich warcheidiol o gwmpas ei hysgwyddau hithau. Roedd golwg fel petai'n cael ei gwasgu arni. A hithau â'i llygaid yn crwydro at ochr y ffrâm fel petai rhywun yn galw arni o gyfeiriad arall.

Gorffennodd y rhaglen, a gofynnais yn betrus:

'Lle wnaethoch chi gyfarfod â Mam?'

Edrychodd Dad ar y bwrdd o'i flaen a dechrau rhwbio rhyw smotyn arno gyda blaen ei fys. Os oedd y cwestiwn yn annisgwyl braidd, wnaeth o ddim cymryd arno.

'Yng nghapal Charing Cross. Ro'n i'n ista'n y gwaelod hefo dy nain a dy daid, a hitha'n y top hefo'i ffrindia, athrawesa newydd ddod i Lundain fatha hi ... ond ro'n i'n mynd i fyny i'r oriel hefo'r plât casglu, ac felly dechreuodd petha ... hefo rhyw wên fach o Sul i Sul ...'

Ymgollodd am funud. Do'n i'm yn siŵr a ddylwn ei annog o i gario 'mlaen, neu ofyn rhywbeth gwahanol, neu jest cau 'ngheg. Aeth munud yn ddau. Mentrais ofyn cwestiwn arall.

'Sut wnaethoch chi ddyweddïo 'ta?'

Edrychodd i fyny'n sydyn.

'Pam, wyt ti ...?'

Roedd o'n amlwg yn meddwl 'mod i'n trio sôn amdana i a Mandy! Ysgydwais fy mhen yn syth, dan gochi. Bron y baswn i'n dweud bod awgrym o siom yn ei lygaid.

'Peidiwch â throi'r stori rŵan. Dudwch amdanoch chi a Mam.'

Do'n i ddim wedi meddwl swnio mor bowld. A o'n i 'di mynd yn rhy bell? Crychodd ei dalcen fel 'tai o am ddechrau dwrdio ... yna ymlaciodd ac aeth 'nôl i'w stad freuddwydiol gynt, gan wneud cylchoedd bach ar y bwrdd hefo'i fys y tro hwn.

'Ddiwedd y pumdega, roedd 'na *summer ball* gan Gymry Llundain yn y Festival Hall. Dawns trwy'r nos, a cherddon ni wedyn dros yr afon i Covent Garden i gael chwaneg i yfed am fod y tafarna'n fanno'n agor peth cynta'n y bore – ar gyfer yr hogia oedd yn gweithio yn y farchnad, t'mod. Roedd o'n fore bendigedig, ac ar ôl i mi ofyn i dy fam … a hitha'n deud y basa hi … roedd o'n fore tipyn gwell.'

Daeth rhyw gryndod i'w lais gyda'r geiriau ola, a gallwn weld fod ei lygaid yn llenwi. Ro'n i'n teimlo'n ofnadwy o euog mwya sydyn. Fy mai i oedd hyn – a do'n i ddim yn gwybod be i'w wneud. Roedd fy llygaid innau'n dechrau llenwi hefyd. Rhoddais fy llaw ar ben ei law o ar y bwrdd. Troes ei law er mwyn gafael yn fy llaw i'n well a gwasgu mor dynn nes brifo bron, ond roedd 'na lawer o emosiwn yn y cydio dwylo hwnnw. Roedden ni'n deall ein gilydd. Eisteddon ni felly, heb edrych y naill ar y llall, ond yn dal dwylo. Mor agos â dau *arm wrestler*. Mor dawel â dau gariad. Eisteddon ni felly am rai munudau cyn i Dad godi ar ei draed a chodi'i law mewn ffordd oedd yn arwyddo 'Sori' a 'Nos da' 'run pryd.

Aeth i'w wely. Eisteddais i lawr grisiau'n trio penderfynu a o'n i wedi gwneud peth doeth ai peidio, yn trio penderfynu a o'n i wedi'i gwneud hi'n haws holi am bethau fel hyn eto, ynteu a o'n i wedi rhoi'r corcyn yn y botel unwaith ac am byth. Diffoddais y goleuadau lawr grisiau, agor y cyrtens, er mwyn cael sbario gwneud yn y bore, a dringo'r grisiau i 'ngwely fy hun.

* * * * *

Eddie
Dydd Gwener, 31 Mawrth 1989

Roedd Sheila, ei oruchwyliwr yn y swyddfa, wedi dwyn perswâd ar Eddie i ymuno â chriw bychan o'r gwaith oedd yn dathlu ei phen-blwydd hi. Roedd hi'n hanner awr 'di un ac roedd y parti wedi symud o'r dafarn ola i fflat Chris, am mai fo oedd yn byw agosa – er mai fo, o ran ei olwg ar hyn o bryd, oedd leia angen parti. Roedd o wedi mynd i gysgu a'i ben ar fwrdd y gegin.

Roedd Dave a Mikey yn chwarae *shove tuna* ar ben arall bwrdd y gegin – roedden nhw'n rhy *pissed* i chwarae *shove ha'penny*, felly roedden nhw'n defnyddio can o diwna.

Dyma Sheila a Lorraine yn dod 'nôl i'r gegin, yn gigls i gyd:

"Dan ni newydd fod yn toilet Chris...'

(Mwy o gigls.)

'... a nathon ni sylwi fod o 'di rhoi twthpêst yn gylch rownd y pan ...'

'... jest uwchben lefel y dŵr!'

'... ac mae'n gwneud ogla mint neis pan ti'n pi-pi!'

Cododd Chris ei ben o'r bwrdd,

'Ac mae'n cryfhau'r enamel hefyd,' meddai, cyn mynd 'nôl i gysgu hefo gwên feddw ar ei wep, a'n chwerthin ni yn diasbedain yn ei glustiau.

* * * * *

Aled
Dydd Sadwrn, 31 Mawrth 1979

Hanner 'di naw, nos Sadwrn. Dwi 'nôl yn gynnar.

Roedden ni i fod i fynd i barti. Ar y ffordd yno, roedd sgwrs ddigon diniwed wedi troi'n wenfflam, mwya sydyn. Cyn pen dim roeddan ni'n ffraeo hefo'n gilydd. Ffraeo'n hyll. Dweud pethau na ellid eu tynnu yn ôl wedyn.

'Wrth gwrs bo' fi'n pisd off! Ti fel 'sat ti 'di penderfynu'n bod ni'n mynd i wahanu, a ti'n cau cyfadda'r peth!'

'Does na'm byd i "gyfadda"; dwi'm yn gweld hi fel'na!'

'Wel, ti'n fwy naïf nag o'n i'n feddwl ta!'

'Allet ti ddod hefo fi ...'

'*To Bangor!!?? Get real, Aled!!* ... Yli ... os mai dyma 'tisio neud, go iawn ... wel ... dwi'n ... dwi'n hapus drostat ti. Na, go iawn ... ond i fi, mae hynny'n golygu fod petha'n mynd i orffen rhyngon ni. Nid heddiw, nid fory falla ... ond mi wnân nhw.'

'*It could work* ... tyrd hefo fi ... 'sat ti'n gallu dysgu Cymraeg.'

'Hogan ddu yn siarad Cymraeg?'

'Dwi'n siŵr bod 'na rai.'

'*That's not the point, Al!* Dwi'n dod o Lundain. Fatha ti!'

'Yndw ... a nagdw. Fatha titha.'

'*No way! My mother's English, my dad doesn't count. I'm English, end of story!*'

'Yli, dwi'm yn gofyn iti smalio dy fod ti'n rhywbeth dwyt ti ddim ...'

'Fel *ti'n* gwneud.'

'Pam ddudist ti hynna? Cymro ydw i.'

'*But you're from London.*'

'*God, this is like arguments I used to have when I was a kid! Nobody likes it if you're different.*'

'*Tell me about it! So ... don't be different!*'

'Felly, be ti'n ddeud ydi "Bangor" ... neu chdi?'

'*If that makes it easier for you ... yeah.*'

Tawelwch. Clywais fy hun yn gofyn mewn llais bach:

'Ond be am ein plania ni yr ha' 'ma? Mynd rownd Ewrop?'

'Stwffia Ewrop!'

Dwi'n eistedd ar y gwely yn fy llofft 'nôl adra, yn edrych ar boster Squeeze ar y wal gyferbyn. 'Take Me I'm Yours'. Mae'r sgwrs yn ailchwarae drosodd a throsodd yn fy mhen, a phob tro'n tynnu at yr un terfyn; mae Mandy a fi 'di gorffen. Ar ôl blwyddyn a hanner. Dwi'n teimlo'n hollol wag.

Ond sut bynnag dwi'n ailchwarae'r sgwrs yn fy mhen, ac yn meddwl am bethau eraill y gallwn i fod wedi eu dweud, yr un ydi'r casgliad bob tro. Mae'r ddau ohonon ni ... wedi gwneud penderfyniad di-droi'n-ôl. Ond dydan ni ddim yn 'ddau' rhagor. Dwi'n teimlo'n gwbl ddiymadferth.

Lawr grisiau dwi'n gallu clywed Dad yn pesychu. Wnes i sleifio'n syth i fyny'r grisia pan ddes i mewn, achos allwn i ddim wynebu siarad hefo neb. Er ei bod hi ddim ond yn hanner awr 'di naw, dwi'n tynnu amdanaf ac yn mynd dan ddillad y gwely, rhag ofn i Dad ddod i fyny'r grisia a chael sioc o 'ngweld i'n eistedd fan hyn fel delw. Alla i smalio cysgu wedyn, ac osgoi cwestiynau fel 'ti 'nôl yn gynnar' a 'be sy'n bod?'

Achos mae 'na rywbeth mawr yn bod ... ac mae'n rhy fawr i mi allu ei drafod hefo neb ar hyn o bryd, heb dagu ar y lwmp sydd yn fy ngwddw. Dwi'n troi fy wyneb at y wal ac yn tynnu dillad y gwely dros fy mhen ...

* * * * *

Eddie
Dydd Sadwrn, 1 Ebrill 1989

Roedd Eddie newydd gyrraedd 'nôl o'r dafarn ac wedi bownsio oddi ar ddwy ochr ffrâm y drws wrth anelu am y gegin. Sadiodd wrth gyrraedd allor ei ffrij; roedd golau o'r drws agored yn bwrw ei gysgod ansicr ar y wal tu ôl iddo.

Yn awr roedd o'n barod i ladd tomato. Sychodd y chwys o'i groen coch, cyn llithro blaen y gyllell i mewn yn glinigol. Torrodd yn ddyfnach – heb ei rwygo'n ormodol – ond dechreuodd y bywyn lifo allan ar hyd y llafn. Penbleth. Doedd hyn ddim i fod i ddigwydd.

Edrychodd am eiliad tua'r cadach yn y sinc. Ni hoffai lanast ... ond ni hoffai wastraff chwaith. Gyda'r teimlad annifyr ei fod yn ganibal, llyfodd y sudd o'r llafn a blasu gwaed yn treiglo'n gymysg. Roedd o wedi torri ei dafod ei hun.

* * *

Deffro â briwsion yn ei glust, yn cysgu a'i ben ar fwrdd y gegin. Roedd nodau rhyw aderyn tu allan fel pinnau poenus yn ei ben. Roedd y radio wedi bod yn chwarae drwy'r nos.

Sunlight on the lino, woke me with a sha-a-ake,
I looked around to find her but she'd gone,
Goodbye girl ... say hello, Goodbye girl

* * * * *

Aled
Dydd Sul, 1 Ebrill 1979

Roedd y diwrnod ar ôl gorffen hefo Mandy yn ddiwrnod hir a phoenus. A'r noson honno es i i weld Davies er mwyn meddwi. Roedd yn teimlo fel rhywbeth ddylwn i wneud, o barch at berthynas oedd wedi para blwyddyn a hanner, wedi'r cyfan.

Ac mi lwyddais yn anrhydeddus iawn.

Erbyn naw o'r gloch o'n i'n gafael yn y wal i sadio fy hun wrth biso. Erbyn deg o'n i'n pwyso fy nhalcen yn erbyn y teils oer wrth biso. Yn y Pakenham Arms oedden ni. Bob tro o'n i'n piso, o'n i'n tynnu mat cwrw o boced tin fy nhrowsus, ac yn sgwennu lawr faint o'n i 'di yfed ers y pisiad diwetha. Fel cerdyn sgorio golff.

Toc wedi stop tap, wrth adael y toiledau am y tro ola, llamodd y llawr i fyny yn sydyn yn erbyn fy nghorff. Llwyddais i arbed fy mhen rhag rhoi clec i'r llawr ond dwn i'm sut. Mi godais i o'r llawr fel buwch: ar fy mhedwar a 'nhin yn arwain y ffordd. Triais bwyso yn erbyn y wal ond roedd y wal yn gwrthod cydweithredu.

Chwydais wedyn, ac aeth Davies â fi 'nôl i'w dŷ o.

'Pam? Pam?' gofynnais yn rhethregol ar y ffordd adre, gan ddrewi o chwd a hunandosturi. Doedd Davies ddim yn gwybod yr ateb, ond o leia mi gafodd ras o rywle i beidio dweud ei feddwl am ferch nad oedd o 'rioed 'di'i licio.

Ges i flanced ar y soffa ganddo. Fel yn nhŷ Mandy. Ac roedd cwsg y noson honno fel llithro i ddiddymdra braf.

Rhan Dau

"a hiraeth am ei gweled hi
a'm gwnaeth yn llwyd fy lliw"

Aled
Dydd Llun, 9 Ebrill 1979

'*Mind the Gap.*'
    Ro'n i ar y tiwb yn trio cysgu.
    '*Right down inside the cars.*'
    Mae wythnos yn amser hir ar ôl gwahanu. Mae'r oriau'n llusgo ac mae DJs radio yn cynllwynio yn dy erbyn di:
    'I'm Not in Love' ... 'You Can Go Your Own Way' ... 'Without You' ... 'Ain't No Sunshine When She's Gone' ...
    Roedd rhain yn recordiau gan artistiaid y bydden ni wedi wfftio atyn nhw gynt. Yn sydyn, roedd eu neges yn amrwd o ffres ac roedd gweithio mewn ffatri gardiau lle roedd radio'n diasbedain drwy'r dydd yn dipyn o benyd. Roedd hi'n waeth fyth hefo'r caneuon roedden ni'n dau wedi'u licio gynt: 'So Lonely' ... 'Ever Fallen in Love' ... 'Alison' ... Roedd rheina'n merwino'r glust go iawn.
    Ro'n i ar y tiwb yn trio cysgu.
    Ro'n i wedi bod yn gweld Charlie Fletcher ym Mryste; roedd o ar ei flwyddyn gynta yn y coleg yno ac wedi aros lawr 'na dros y Pasg. Doedd o ddim yn nabod Mandy, felly roedd yn haws trio anghofio amdani yn ei gwmni.
    Arhosais i nos Sadwrn a nos Sul hefyd, a dal y trên cynta 'nôl i Paddington fore Llun. Roedd hi'n drybeilig o oer pan gyrhaeddais i Paddington, ac ro'n i'n *hungover* ar ôl sesh penwythnos hefo Charlie. Ro'n i awr yn rhy gynnar i fynd i'r gwaith, ac eto doedd 'na ddim digon o amser i fynd adra chwaith.

Penderfynais fynd yr holl ffordd o gwmpas y Circle Line i ladd amser ac i drio cysgu.

Roedd gwynt annifyr yn chwythu trwy ddenim tenau fy nhrowsus bob tro yr agorai'r drysau, felly 'mond rhyw hepian cysgu wnes i.

'Caewch y drysau!' fel maen nhw'n dweud mewn steddfod.

Gallwn i aros yma trwy'r dydd. Tasa hi ddim mor oer. Fyddai neb yn gofyn am weld fy nhicad a hyd yn oed petaen nhw, jest smalio 'mod i wedi syrthio i gysgu fasa rhaid.

Be taswn i'n mynd rownd y Circle Line am byth?

Cyn gynted ag y daeth y syniad yna i'm meddwl i, ges i'r teimlad mwya rhyfedd 'mod i wedi cael y syniad yma o'r blaen; ac eto, ro'n i'n eitha sicr 'mod i erioed 'di meddwl am y ffasiwn beth chwaith. Roedd hi fel *déjà vu* ond am yn ôl, fel petai. Ac wrth drio gwneud synnwyr o hyn, mi lithrais yn ôl i gysgu ...

*   *   *   *   *

Eddie
Dydd Llun, 10 Ebrill 1989

Tower Hill.

Daeth trên y Circle Line i mewn i'r platfform, a neidiodd Eddie i'r sêt gynta welodd o. Eisteddodd *skinhead* gyferbyn ag o, boi mawr mewn côt Crombie, ac roedd Eddie'n methu coelio be oedd o'n ei weld – roedd o'n darllen *Y Faner*! Synhwyrodd hwnnw fod Eddie'n rhythu arno fo, ac mi gododd ei ben i edrych yn ôl arno. Syllodd y ddau i lygaid ei gilydd, fel cystadleuaeth ar iard ysgol.

'Mmm ... su'mae?' meddai Eddie'n ansicr, gan amneidio ar y copi o'r *Faner*. Roedd golwg o embaras ar y *skinhead*.

'Wi'n teimlo fel 'sen i 'di cael 'y nala'n darllen *Playboy!*'

*   *   *   *   *

Aled
Dydd Llun, 9 Ebrill 1979

Baker Street ...

Wrth ddod o'r twnnel i'r orsaf am yr ail waith y bore 'ma, fedra i'm stopio meddwl am Mandy. Mae pethau'n mynd rownd a rownd yn fy mhen; dwi fel ci hefo asgwrn yn trio rhesymu pam aeth pethau o chwith. Sut wnaeth craciau mân yr wythnosau diwethaf ymledu a dyfnhau?

Dwi'n methu anghofio pytiau o sgyrsiau, ac yn eu hailchwarae nhw yn fy mhen. Maen nhw'n boenus o fyw.

Ryw bythefnos yn ôl yn ei thŷ hi, a ni'n dau'n mwynhau panad a *companionable silence* (neu felly o'n i wedi tybio), dyma hi'n dweud yn sydyn:

'*This Welsh stuff – it's a mother substitute, innit?*'

Do'n i ddim cweit yn siŵr pa ffordd i gymryd hynna, yn un peth am ein bod ni byth yn trafod fy mam i, mwy na'i thad hitha. Roedd yn un o reolau anysgrifenedig ein perthynas ni. Roedd hwn yn gwestiwn oedd yn fy mwrw oddi ar fy echel braidd.

'Wel, be os ydi o?' atebais, gan drio swnio'n ysgafn.

'*D'you think it makes you more interesting?*'

Teimlais fy nhu mewn yn corddi.

'Fy nghefndir ydi o, 'na 'gyd. Ti'n siarad amdano fo fel tasa fo'n rhan o ryw "*act*" fawr, rhyw ffordd o dynnu sylw ... fel gwisgo crys di-chwaeth, neu fynd o gwmpas hefo 'malog yn gorad!'

Tawelwch.

Newidiodd hi'r pwnc wedyn. Roedd yn amlwg o'i llygaid hi ei bod hi'n synnu braidd at ffyrnigrwydd fy ymateb. A dweud y gwir, ro'n i wedi synnu fy hun ...

* * *

81

Euston Square ...

Pam fod y Gymraeg wedi dod yn gymaint o fwgan rhyngon ni? Pam na faswn i 'di gallu trio esbonio'n fwy pwyllog? '*It's a kinda roots thing*' – rhywbeth fel'na?

Ond efallai basa hynny'n ormod, hyd yn oed gan Mandy. Un o seiliau'n perthynas ni oedd ein bod ni'n dau o gefndir un rhiant, wedi'n gwrthod gan y rhiant arall, ac yn cario 'mlaen hefo'n bywydau fel 'sa 'na ddim byd o'i le. (A *does* 'na ddim byd o'i le.)

Ond gan ei bod hi ddim isio cysylltu'i hun hefo diwylliant ei thad, dwi fel petawn i'n ei gadael hi lawr trwy ymhél â 'ngwreiddiau ac ymddiddori yn fy mamiaith. ('Mamiaith.' Mae eironi'r gair yn fy nharo'n syth. Petai Mandy'n gallu deall fy meddyliau rŵan, gallwn ei dychmygu'n chwerthin yn fuddugoliaethus:

'*See!* "Mamiaith"! *Told ya it was a mother substitute!*'

Ond iaith fy nhad a'm nain ydi hi go iawn, *so there*.)

Sgyrsiau plentynnaidd felly sy'n mynd drwy 'mhen i. Sgyrsiau dychmygol hefo cyn-gariad.

* * *

King's Cross ...

Allan o'r twnnel eto. Mewn i'r orsaf. Allan o'r trên.

Mae gen i gymaint o isio siarad hefo hi o hyd. Jest i weld be mae hi'n feddwl. I weld oes 'na ffordd ymlaen ... *Whoa!* Na. Wnes i ddim dweud hynny. Mae pethau ar ben.

* * * * *

Eddie
Dydd Llun, 10 Ebrill 1989

'Nawr 'te, os oes tri oren 'da fi mewn un llaw a pedwar afal yn y llaw arall, be sy 'da fi?'

Cododd Eddie ei sgwyddau.

'Dwylo mowr!'

* * *

Wrth iddyn nhw ysgwyd llaw y bore hwnnw, roedd Eddie wedi sylwi pa mor fawr oedd dwylo y *skinhead* od 'ma.

Rhidian oedd ei enw, a rhwng Blackfriars a Temple, tua hanner awr 'di wyth y bore hwnnw, roedd Eddie wedi cytuno i fynd am beint hefo fo. Roedd yr holl sefyllfa ychydig yn swreal, ond roedd rhywbeth heintus yn ei siarad byrlymus oedd wedi gwneud i Eddie gytuno ...

'Sa i eriôd 'di cwrdd â Gog ar y tiwb o'r bla'n – ma' isie dathlu'r peth. Beth yw'r **tebygolrwydd** o beth fel hyn yn digwydd?'

Dywedodd 'tebygolrwydd' mewn ffordd ychydig yn hunanymwybodol. Cododd ei fys tua wyneb Eddie mewn ystum o gerydd cellweirus:

'Ei, paid gweud 'tho i nawr bo' fi'n siarad fel geiriadur – 'bach o *self improvement* yw e, 'na 'gyd – wi'n trial dysgu tri gair Cymrâg newydd bob dydd.'

Tynnodd eiriadur bychan o'i boced i ategu ei bwynt.

'Heddi, fi'n gwneud "anudon", "anufudd" ac "anuniongyrchol". Ta beth, wela i di 'eno. Saith o'r gloch yn Lord Rodney's Head; *be there or be square!*'

Estynnodd ei law i Eddie ei hysgwyd, ac yna aeth, gan ddiflannu i'r dorf fel rhith. Prin fod Eddie wedi cael cyfle i ddweud dim.

Am bum munud i saith, roedd Eddie'n disgwyl yn y dafarn hirgul, hefo hanner cant o glociau ar y waliau'n gwmni iddo, a 'run ohonyn nhw'n dangos yr amser iawn hyd y gwelai. Roedd o'n teimlo ychydig yn nerfus, fel petai o'n disgwyl am ddêt! Doedd o ddim wedi siarad hefo Cymro arall ers achau ...

* * *

Roedd Rhidian yn byw yn Mile End. Roedd yn well ganddo IPA na Guinness. Doedd o ddim yn licio colomennod.

I ddechrau roedd y ddau yn fwy cyfforddus yn pwyso â'u penelinau ar y bar, ochr yn ochr â'i gilydd, yn wynebu'r wal tu ôl i'r bar, yn lle edrych ar ei gilydd. A beth bynnag, roedd y wal honno'n ddrych i gyd, tu ôl i'r *optics* a'r silffoedd, felly roedd modd iddynt weld ei gilydd, ond heb edrych yn uniongyrchol. Roedd hi'n haws sgwrsio fel'na i ddechrau, roedd yn ei gwneud hi'n haws gofyn ambell gwestiwn.

'Ers faint ti'n *skinhead*?'

'Ers pan o'n i 'byti un deg saith. O'n i erio'd 'di gweld un yn Llandysul ... O'n i'n lico bo' fi'n edrych 'bach yn *weird* ... o'n i'n lico'r syniad hefyd bo' fi'n gallu stripo fy hunan 'nôl i'r fi go iawn ... ie ...'

Tawelwch.

Cyn i Eddie fedru gofyn mwy, roedd Rhidian wedi newid y cywair yn llwyr.

'Ni fel dwy fuwch mewn beudy fan 'yn, a'n tine ni'n stico mas – beth am i ni ishte lawr? Nawr 'te, gwed 'tho i – shwt ti'n nabod *agnostic dyslexic insomniac*?'

Doedd Eddie ddim yn gwybod yr ateb. Eisteddon nhw wrth fwrdd cyfagos.

'Fe yw'r un sy'n ffili cysgu yn ei wely bob nos, achos fod e'n becso am fodolaeth "uwd"!'

Gwenodd Eddie.

'Wyt ti'n cymryd unrhyw beth o ddifri?'

Cymerodd Rhidian lymaid o'i gwrw.

'Dim lot! Na ... dim lot.'

Ond roedd yr ateb o ddifri. Ac roedd ei allu i fynd o'r digri i'r dwys, ac yn ôl, o fewn cwpwl o frawddegau, yn destun rhyfeddod i Eddie. Gorffennodd ei beint a chododd i fynd at y bar.

''Run fath eto?'

* * * * *

Aled
Dydd Gwener, 13 Ebrill 1979

Noson allan i'r hogia. Y tafarnau wedi cau, ond mae dau yn mynnu gwasgu'r diferion olaf o hwyl o'r noson.

Y peth hefo rhedeg dros geir ydi ei fod o'n dy flino di fwy na ti'n meddwl. Naid i fyny ar y bonet. Ar y to. Petruso ennyd cyn cymryd y cam lawr at y bŵt, a'r llam ymlaen at y bonet nesa. A'r cwrw'n llosgi fel petrol yn dy fol. A gigls gwirion ar dy wynt, wrth i ti ddechra tuchan. Y pedwerydd car. Rhyw fath o *hatchback*. Llamu fel 'taet ti mewn cystadleuaeth, gan lanio'n drymdroed feddw ar dy bedwar ar fonet Ford Capri.

Mae Davies o dy flaen yn mynd fel ewig o gar i gar yn ei *winkle pickers*. Pam 'di o'm yn llithro hefo'r gwadnau lledar 'na? Amser denig rŵan. Mae'r goleuadau'n dechrau dod ymlaen yn y fflatiau a'r tai cyfagos, felly 'dan ni'n 'i baglu hi lawr ale dywyll, piso'n dawel a thrio sobri rhyw fymryn. Trio stopio chwerthin. Sterics 'di peth fel hyn. 'Sneb ar ein holau. Dechrau cerdded i gyfeiriad yr Aldwych.

'Sut awn ni adra 'wan 'ta?'

'Tacsi 'de.'

'Sgin i'm pres.'

'Sdim isio pres hefo'r tacsi yma.'

Ddeng munud yn ddiweddarach a ninnau'n loetran mewn drws siop ar yr Aldwych, esboniodd Davies be oedd ei gynllun.

'Mae lorïau Fleet Street yn dod ffor' hyn, ac mae 'u cefna nhw wastad yn 'gorad. Pan fydd y goleuadau'n newid, mi groeswn ni'r lôn tu cefn iddyn nhw, a neidio mewn. Jest gwna'n siŵr dy fod ti'n cerdded yn hamddenol allan tu ôl i'r lorri, fel bod ni ddim yn tynnu sylw at ein hunain.'

Ddisgwylion ni wedyn am gryn chwarter awr. Ro'n i'n oer bellach ac isio dechrau cerdded ond roedd Davies yn taeru'n stowt y deuai lorri yn y man:

'Mae isio gras a mynedd, Aled bach,' meddai yntau, gan ddynwared llais athrawes ysgol Sul.

Ac o'r diwedd fe ddaeth lorri *Daily Mirror*. Roedd y goleuadau o'n plaid, ac wrth iddynt gyrraedd coch, roedden ni'n cerdded yn barod, yn bwrpasol, heb frysio, ar draws y lôn, gan groesi tu ôl i'r lorri. Cip sydyn i jecio fod dim byd yn dod y tu ôl iddi, ac i fyny â ni dros y *tail board* a mewn i'r lorri wrth iddi yrru i ffwrdd am Waterloo Bridge, ac yna, ymlaen dros yr afon!

Llusgon ni'n hunain i'r pen pella, fel na fyddai goleuadau'r stryd yn ein bradychu wrth i ni orwedd fel dau aberth ar wely o fwndeli *Daily Mirror*. Wrth edrych allan, a gweld strydoedd yr Elephant a Camberwell yn diflannu i'r fortecs y tu ôl i ni, roedden ni'n teimlo fel arglwyddi'r nos. Ond wedi llithro'n dawel o gefn y lorri wrth oleuadau cyfleus yn Denmark Hill, roedd yn rhaid i arglwyddi'r nos ffendio goriad dan garreg a sleifio mewn i dŷ Davies ar flaenau'u traed, hefo'u sgidia yn eu dwylo rhag deffro'i rieni.

* * * * *

Eddie
Dydd Gwener, 14 Ebrill 1989

Roedd peint nos Lun hefo Rhidian wedi esgor ar sesiwn arall nos Wener.

A'r tro hwn roedden nhw'n cloi'r noson yn y Raj Doot, gyda *prawn dhansak, lamb rogan josh* a mwy o gwrw. Roedd Rhidian yn trio pigo rhywbeth oedd yn sownd yn ei ddannedd, ac yn siarad 'run pryd:

'Un o'r pethe wi'n cofio 'mbyti'r ysgol o'dd y cyrri – o'dd wastod pys yndo fe ... a syltanas. Na 'gyd o'dd isie i wneud cyrri yn ôl yr awdurdode yng ngorllewin Cymru bryd 'ny. Ac o'n ni'n cael *chutney* hefyd.'

'Be? bob dydd?'

'Bachan, gelet ti *chutney* yn ysgol ni ar ganol gwers maths os o't ti moyn; bydden ni'n amal yn codi llaw i atgoffa'r athro, "Syr, allwn ni gael egwyl *chutney* nawr?" 'Na'i angladd hi wedyn!'

Gweithio mewn cegin yn golchi llestri oedd o, ond rhywbeth dros dro oedd hynny:

'Bues i'n dysgu am sbel fach, t'mod ... wel, o'n i'n trial ta beth ... fi'n credu bo' fi 'di dysgu mwy am yn 'unan na ddysges i i'r plant 'no.'

'Be ti'n feddwl?'

'Wel, bo' fi ddim yn athro, i ddechre bant! Amser ti'n clywed plant yn gweud pethach fel *"Go on, sir, teach us – don' be afraid,"* a *"Oi! Give sir 'is biro back!"* ti'n gwbo bo' ti yn y jobyn anghywir!'

'Oedd hi'n ysgol ryff 'lly?'

'Sa i'n gwbod os o'dd hi, a bod yn onest, wrth ddishgwl 'nôl ar y peth nawr – ond o'dd hi'n fwy nag y gallen i handlo ar y pryd.'

Ryw bum mlynedd yn iau nag Eddie oedd o. Wedi'i hyfforddi fel athro beioleg yn Goldsmiths i blesio'i rieni, ac yna colli'i ffordd braidd pan aeth dysgu'n drech nag o. Trio cael ei draed 'nôl dano oedd o. Ailasesu.

'Pan ddes i i Lunden gynta, do'n i ddim moyn dim byd i wneud â'r cylchodd Cymrâg, o'n i moyn torri 'nghwys yn 'unan – ond erbyn hyn, wi'n teimlo 'bach o hireth. 'Na pam wi'n ddarllen y *Faner* ac yn cario'r geiriadur bach yn 'y mhoced.'

'O'n i'n meddwl mai jest mwynhau bod ychydig yn ecsentrig oeddet ti.'

'Ha! Bosib fod ti'n iawn. Ond wnath tam' bach o ecsentrisiti ddim dolur i neb, cofia.'

Roedd o'n dod o Horeb, ger Llandysul, a phan ddeallodd mai un o Landudno oedd Eddie, gofynnodd yn gyfrinachol:

'Gwed 'tho i, odi ddi'n wir beth maen nhw'n gweud ymbyti dynon y doncis?'

Roedd Eddie ar hanner llyncu joch o'i *lager* a chwarddodd mor galed nes i'r cwrw dasgu o'i geg. Erbyn iddo ymddiheuro a sychu'r bwrdd hefo'i *serviette*, roedd Rhidian wedi dechrau stori newydd:

'Sôn am ddoncis, mae hynny'n atgoffa fi am Dadcu. Wel ... dim fel yna! Beth bynnag, pan o'dd Dadcu'n dathlu'i bedwar ugen rai blynydde 'nôl, ceson ni barti. Popeth yn grêt, pawb yn joio, 'blaw bod Dadcu yn cerdded rownd yn gweud "helô" wrth hwn a'r llall – a'i gopis ar agor. Roedd pawb yn siarad am y peth tu ôl i'w gefen e ond neb yn fo'lon mynd lan a gweud wrtho fe.

"Cer di i weud 'tho fe!"

"Sa i'n mynd i weud! Cer di!"

'Beth bynnag, fi gas y job yn y diwedd. Rhyw beder ar ddeg o'n i ar y pryd. Bachan shei. Es i â fe i ryw gornel o'r stafell, a gweud 'tho fe'n dawel, fod, mm, ch'mod, fod ei gopis ar agor. A ti'n gwbod be wedodd yr hen foi? 'Na gyd wedodd e o'dd, "Ie?" – ond jiawl, ro'dd yr "Ie?" 'na yn gweud cyfrole. Un gair bach o'dd e, ond ro'dd 'na ryw dôn bach yn ei lais e o'dd yn awgrymu fod e'n gwbod 'ny'n barod, diolch yn fowr, ac ife dyna'r cwbl o'dd 'da fi i weud 'tho fe ar ôl ffwdanu mynd ag e o'r neilltu fel petai? A t'mod beth arall? Gaeodd e mo'i gopis e wedyn! 'Na ti foi!'

'Efallai dylen ni i gyd wneud 'run fath.'

'Be, pob un yn gadel ei gopis ar agor?'

'Na, jest bod yn driw i ni'n hunain.'

Edrychodd y ddau ar ei gilydd. Roedd y sgwrs newydd groesi ffin newydd. Ar hynny, daeth y *waiter* at y bwrdd hefo'r bil ar soser fach. Ciledrychodd Eddie ar Rhidian wrth iddo dyrchu yn ei bocedi er mwyn talu'i siâr. Er mor wahanol oedd y ddau, roedd Rhidian yn ei atgoffa rywsut o ryw fersiwn iau ohono fo'i hun.

* * * * *

Aled
Dydd Sadwrn, 14 Ebrill 1979

Es i'n syth o dŷ Davies i Old Deer Park pnawn 'ma, i weld y rygbi, ac i gael pàs adra wedyn gan Dad.

Fi sy 'di tynnu Dad i wylio rygbi. Gan 'i fod o wedi'i fagu jest oddi ar y High Road yn Tottenham dim ond un tîm oedd yn tŷ ni, a byddai'n mynd â fi i White Hart Lane weithiau pan o'n i'n iau. 'Dan ni'n dal i fynd weithiau, ond mynd i'r rygbi wnawn ni amla.

Wnes i 'ddarganfod' rygbi pan es i i'r ysgol uwchradd. Roedd dwy droed chwith gen i fel pêl-droediwr, ond ro'n i'n cael tipyn gwell hwyl arni hefo'r bêl hirgron, yn carlamu o gwmpas y cae fel blaenasgellwr; felly gofynnais i Dad fynd â fi i lawr i Old Deer Park i weld Cymry Llundain yn chwarae. Roedden nhw'n dîm gwych ychydig o flynyddoedd yn ôl – ac wrth gwrs, roedd 'na gymaint o Gymry Llundain o'i genhedlaeth yntau'n mynd, roedd yr ochr gymdeithasol yn apelio ato hefyd. A'r canu ar ôl y gêm hefo gwydr peint yn ei law.

Wnes i stopio chwarae rygbi pan es i i'r coleg chweched dosbarth – ond hwyrach dylwn i gychwyn eto. Mae isio pethau i lenwi amser ar ôl gorffen hefo Mandy ... Efallai tymor nesa ...

Ond pnawn 'ma, mi ges i gynnig chwarae – dros London Polish o bawb! Mae Trevor Morgan yn fildar yn ei dridegau cynnar ac mae'n nabod 'y nhad. Roedden ni'n sefyll mewn grŵp yn siarad pan drodd ata i a gofyn faswn i'n licio chwarae ganol wythnos. Rhai o'i weithwyr sydd wedi tynnu Trevor a'i frawd Wyn i chwarae hefo London Polish (a gallwn ddeall pam – mae'r ddau yn hogiau mawr cyhyrog). Ond roedd rhaid i mi ofyn y cwestiwn amlwg:

'Ond tydyn nhw ddim yn disgwyl bod chi *actually* yn Bwyliaid os dach chi'n chwara dros London Polish?'

'Wel, ie, i fod... ond ma' Wyn a fi jest yn siarad Cymrâg 'da'n gilydd ar y ca' a dyw'r time erill ddim callach. Ac yn y bar wedyn, cyn belled fod ti'n gweud *"nos drôfia"* yn lle "iechyd da" a *"tjin cŵ ie"* pan mae rhywun yn rhoi peint ffres yn dy law, ma' pawb yn 'apus. Ti ffansi?'

Roedd o'n swnio'n hwyl, ond faswn i byth yn ddigon ffit i chwarae gêm erbyn canol wythnos nesa. Ac os ydw i *am* ailafael ynddi, baswn i isio chwarae dros London Welsh, nid smalio 'mod i'n dod o wlad arall!

* * * * *

Eddie
Dydd Sadwrn, 15 Ebrill 1989

Yn Oxford Circus, mae'r dyn protin yno fel arfer, yn cerdded trwy'r dorf a'i hysbysfyrddau'n frechdan anferth amdano, a'r rheini'n cyhoeddi, '*Less passion from less protein*'.

Mae taflenni yn ei law ond welodd Eddie neb erioed yn cymryd un ohonynt ganddo. Mae'r geiriau hyn mor gyfarwydd iddo, ac eto maen nhw'n cyfleu syniad sydd tu hwnt iddo. '*Less passion from less protein*'; be mae'n feddwl?

Mae Eddie'n edrych arno, ac mae'u llygaid yn cyfarfod am eiliad wrth i'r dorf lifo heibio iddynt yn eu cannoedd. Ond problem arall sy'n poeni Eddie heddiw. Mae mewn cyfyng-gyngor: ydi o am gyfarfod â Rhidian heno neu beidio? Mae rhywbeth yn feddwol yn ei gwmni ond ydi hynny'n beth da? Ac yn waeth na hynny, mae wedi dweud celwydd wrth Rhidian hefyd.

Be ddylai o wneud? Mae Eddie'n edrych i fyny tua'r awyr cyn anelu am y tiwb. Wrth basio siop Rediffusion, mae'n sefyll yn stond wrth weld lluniau trychineb yn wincio'n fud ar y setiau teledu. Rownd gyn-derfynol y cwpan yn Hillsborough heddiw. Pobl wedi'u gwasgu'n greulon yn erbyn ffens. Mae adlewyrchiad Eddie ar wydr y ffenest, yn wyneb arall ar ben wynebau trallod

Hillsborough. Mae Eddie'n rhythu'n anghrediniol ar y gyflafan. Mae'r setiau teledu'n syllu'n ôl yn hurt, wedi'u stwffio'n rhesi di-chwaeth o dynn yn erbyn ffenest y siop.

*　*　*　*　*

Aled
Dydd Sul, 15 Ebrill 1979

Bore 'ma, roedd Dad yn pesychu'n waeth nag arfer.

'Blydi smocio 'ma 'di'r drwg,' medda fi, a chael rhyw wefr blentynnaidd o wybod na fyddai Dad, am unwaith, yn fy ngheryddu am regi. Am 'mod i'n dweud y gwir. Ond wnâi o ddim cyfaddef hynny chwaith.

'Twt. 'Bach o annwyd ar 'y mrest ... na 'gyd.'

'Py!' ebychais innau'n wawdlyd, wrth iddo besychu eto a gorfod oedi i gael ei wynt ato wedyn. Ond roedd yn benderfynol o brofi'i bwynt:

'Os wyt ti'n meddwl fod hyn yn wael, ddylset ti 'di 'nghlywed i adeg y *smog*. Dwi'n cofio un arbennig o wael tua 1957 neu '58 falle. Roeddet ti'n gweld y peth yn rholio mewn ... a phawb yn gwisgo sgarffia drost eu gwyneba ... ac roeddan ni 'di gorfod anfon y plant adra o'r ysgol amser cinio. Gorffennais i 'ngwaith wedyn, ac erbyn i mi fynd i ddal y bws adra i Hornsey lle o'n i'n byw, doedd na'm modd gweld dim!'

Pwl arall o besychu hyll.

'Beth bynnag ... pan dda'th y bws yn y diwedd, roedd y condyctor yn gorfod cerdded o'i flaen o hefo ffagl yn llosgi yn ei law – ar 'y marw! Ar ôl mynd lawr o'r bws yn Hornsey wedyn, wnes i gerdded i'r fflat hefo un droed ar y pafin a'r llall yn y lôn, jest i wneud yn siŵr 'mod i ddim yn methu lle o'n i fod i droi! O'n i'n falch o gael cau drws ar y sglyfath wedyn, a trio c'nesu, achos o'n i 'di fferru ac o'n i'n pesychu fel na chlywist ti 'rotsiwn beth. A hyd yn oed wedyn, roedd o'n dal i sleifio mewn, fel mwg o dan y drws! Ew, stwff afiach!'

Dechreuodd besychu eto ond y tro hwn, triodd fy hel i o'r ffordd drwy ofyn i mi fynd i fyny i'r atig. *Cerddi'r Gaeaf* ydi un o'r llyfrau dwi'n astudio ar gyfer yr arholiad ac ro'n i wedi cael copi clawr meddal yn barod o siop Griffs – ond roedd Dad yn amau fod 'na argraffiad cynta ohono ymhlith pethau Taid, mewn cist yn yr atig. Wrth dwrio amdano, wnes i daro ar drysor tipyn gwell – hen albym o luniau teuluol o ddiwedd y ganrif ddiwetha – ac mi wnes i ymgolli'n llwyr wrth edrych arnynt dan fylb noeth yr atig.

Roedd yn brofiad rhwystredig ar un wedd, achos o'n i'n nabod fawr neb, dim ond llun o fy hen daid, tua diwedd yr albym. Roedd mor debyg i 'nhad a 'nhaid, mi fasa'n amhosib ei fethu. Yn y llun roedd o'n ddyn ifanc, hefo tri dyn arall, ac roedden nhw'n edrych yn rêl swels hefo'u capiau a'u ffyn cerdded.

Ond pwy oedd y lleill? Hen bartriarchiaid barfog, a merched mewn bonets hen ffasiwn (er, wrth gwrs, efallai fod y fonet ddu 'na yn hollol yp tw dêt yn yr 1890au, yn cyfateb i *hot pants* ryw flwyddyn neu ddwy yn ôl!).

Dynion cydnerth wedyn, mewn coleri uchel a mwstasys mawr, yn sefyll gyda'u dwylo'n gorffwys ar gefn cadeiriau. Eu gwalltiau yn sgleinio dan lampau gàs y stiwdio. Roedd 'na hysbyseb ar gefn un o'r lluniau: '*Bear grease: only 6d*'. Ac mae enwau'r ffotograffwyr o dan y lluniau, a lleoliad eu stiwdios: Caernarfon, Blaenau Ffestiniog, Treorci ac ambell un o Youngstown, Ohio.

Ond pwy ydyn nhw?

A beth oedd achlysur tynnu'r lluniau 'ma, tybed? Rhywbeth i'w anfon 'nôl adre hefo llythyr Dolig? Rhywbeth i'w wneud ar wyliau? (Roedd brawd Nain yn brentis fferyllydd yng Nghaernarfon, ac roedd o'n casáu'r haf, mae'n debyg, am fod rhaid iddo weithio'n hwyr bob nos er mwyn datblygu lluniau'r holl ymwelwyr.)

'Aled? Ti 'di mynd i gysgu fyny fanna?'

Roedd Dad yn galw o waelod y grisiau. Es i â'r albym lawr i'w ddangos iddo. Doedd o ddim yn nabod neb o'r lluniau chwaith, dim ond ei daid o, sef fy hen daid innau.

'Bechod na faswn i 'di holi mwy ar dy daid pan oedd y cyfle gen i, i mi fedru deud mwy wrthat ti ... Ond mae'n rhyfedd iti ddod ar draws y lluniau 'ma rŵan; sbia be welis i yn y papur heddiw ...'

Ac estynnodd yr *Observer*, a throi at yr adolygiadau.

'Sbia be mae hwn yn ddeud – dim ond y cyfoethogion sy'n cofio pethau'r gorffennol. I'r tlodion, mae cofio'r gorffennol fel cofnodi olion traed ysgafn ar lwybr angau. Pan fod rhaid gweithio'n galed, cysgu chydig ac yna gweithio eto, moethusrwydd ydi cofio. Be ti'n feddwl o hynna? Da, yn tydi?'

'Wel, ia, hwyrach. Ond edrychwch be sydd wedi digwydd yn achos ein teulu ni. Roedd gynnyn nhw'r "moethusrwydd" neu'r modd i gael tynnu eu lluniau ... ond be mae'r hen albym 'ma'n ddangos ydi pa mor arswydus o frau ydi cof teulu. Tydan ni ddim yn gallu cofio pwy ydi'r bobl 'ma, heblaw un!'

'Basa'n ddifyr cael gwybod rhywbeth am eu hanes, yn basa? Ond ... dyna fo, ynde ...'

A diflannodd fy nhad i gyfeiriad y gegin. Mi wnaeth rhywbeth godi cryd arna i o feddwl tybed fydd un o 'nisgynyddion i yn gwneud yr un peth yn union, ymhen rhyw gan mlynedd. Yn cael hyd i luniau tebyg ac yn gofyn yr un cwestiynau'n union: 'tybed pwy oedd hwn?'

Yn rhannu'r un DNA, ond ddim yn gwybod fy enw hyd yn oed.

*   *   *   *   *

Eddie
Dydd Sul, 16 Ebrill 1989

Roedd y cwis tafarn newydd orffen. Doedd tîm Eddie a Rhidian ddim wedi cael llawer o hwyl arni.

'Yffach, o'dd rhai o'r cwestiyne 'na'n anodd.'

'Ddim y cwestiynau oedd y broblem – yr atebion oedd yn anodd! O'n i'n gwbod hwnna am y mamoth, 'sti.'

'*The remains of what prehistoric animal were found at King's Cross?*'

'Ia. Dwi 'di clywad hwnna o'r blaen. Ond o'n i'n methu cofio'r ateb.'

'Paid becso – o'n i'n rhyfeddu fod ti'n gwbod cyment. Fel pryd cafodd y *meters* cynta eu rhoi mewn tacsis ...'

'1907 – roedd hwnna'n hawdd.'

Winciodd Eddie ar Rhidian i ddangos 'i fod o'n jocian. Roedd genod y bwrdd nesa'n codi i fynd. Wrth i un ohonynt godi ei chôt o gefn ei chadair, sylwodd hi ar Eddie. Gafaelodd yn ei fraich. Croen ar groen.

'*It's Eddie, right?*'

'*Yeah. How are you?*'

'*I'm alright ...*'

Roedd ei ffrindiau'n mynd.

'*Anyway – nice to see ya. Gotta go ...*'

Gwenodd yn ddel cyn cychwyn am y drws. Roedd Rhidian yn gwenu arni hefyd.

Edrychodd arni'n mynd. Roedd rhywbeth yn gyfarwydd ynddi, ac eto ddim. Falla'i bod hi'n deneuach pan wnaethon nhw gyfarfod ddwytha? Roedd hi'n ferch ddigon nobl rŵan yn sicr ... tybed oedd hi'n disgwyl?

Torrodd llais Rhidian ar draws ei synfyfyrio.

'Felly pwy o'dd honna 'da ti, 'te?'

'O'n i'n mynd i ofyn yr un peth i chdi. Wnest ti wenu arni'n ddigon serchog.'

'Wel do, achos o'n i'n meddwl bod hi'n frind i ti! Ti oedd yr un wnaeth hi afel yndo fe ...'

'Dwi'n gwbod ... a dyna sy'n bygio fi ...'

Daeth paranoia drosto'n don. Beth petai o'n dechrau anghofio talpiau o'i fywyd? Beth petai hi'n disgwyl? Ac yntau'n dad i'w babi hi? Wnaeth hi ddim aros i sgwrsio wedi'r cyfan, jest cyffwrdd ynddo a mynd, fel petaen nhw'n rhannu rhyw gyfrinach ... Ond be? Doedd o ddim yn gwybod – am 'i fod o'n methu cofio! Teimlodd am funud ei fod am lewygu gan gymaint ei ofn ei fod o'n colli arno'i hun.

Torrodd llais Rhidian ar ei feddyliau eto:

'Mae'r ferch 'na mas fanna trwy'r ffenest, os ti moyn cael pip arall arni ddi.'

Edrychodd Eddie dros ei ysgwydd a gweld y ferch a'i ffrindiau'n disgwyl tacsi tu allan. Roedden nhw'n cael hwyl yn amlwg, er na allai Eddie ddarllen eu gwefusau. Gwenodd y ferch, ac yn sydyn, gwawriodd arno pwy oedd hi. Roedd y teimlad o ryddhad fel sioe tân gwyllt yn ei ben.

'Wn i pwy 'di hi! Fues i'n gweithio hefo'i gŵr hi ryw dair blynadd yn ôl. Brian ... dyna oedd ei enw o. Roeddan ni'n cael toman o *overtime*, a byddai hon yn tynnu 'nghoes i 'mod i'n gweld mwy ar '*my Brian*' nag oedd hi'n weld arno ei hun ... ond roedd hi'n deud hynna bob tro o'n i'n galw amdano fo'n y boreua ... fatha record 'di sticio. Ac roedd na ryw natur *touchy-feely* ynddi hi, fflyrtio yn ei dresing gown ar stepan drws aballu, ac oedd rhaid 'mi blydi ddeud 'thi yn diwadd! ... O'n i'n gweithio hefo'i gŵr hi 'ndo'n?'

'*Whoa!* Gan bwyll! Sa i'n synnu bod hi ddim moyn aros i siarad 'da ti!'

Roedd Eddie wedi mynd i dipyn o stêm fwya sydyn. Doedd Rhidian erioed wedi meddwl amdano fel un a thipyn o 'natur' ynddo ac edrychodd arno yn syn. Ond roedd Eddie yn gwenu unwaith eto, a'r fflach o dymer wedi diflannu'n syth.

'Do'n i jest ddim yn licio bod hi'n chwara gema tu ôl i gefn ei gŵr. Doedd y peth ... ddim yn iawn, nag oedd ...?'

Ysgydwodd Rhidian ei ben i gytuno, ond am unwaith roedd yn methu meddwl am ddim byd i'w ychwanegu. Saib annifyr. Ond roedd Eddie fel petai o ddim yn sylwi ar effaith ei ebychiad gynt.

'Falla dylwn i fynd ar ei hôl hi ...'

Cododd yn sydyn, gwagio cegiad olaf ei beint a diflannu drwy'r drws. Edrychodd Rhidian yn hurt arno. Drwy'r ffenest, gwelai'r merched yn dringo mewn i'w tacsi ac yn cau'r drws cyn i Eddie gyrraedd y palmant o flaen y dafarn. Gyrrodd y tacsi i ffwrdd ond cafodd ei ddal mewn traffig ryw hanner can llath i fyny'r lôn. Dechreuodd Eddie gerdded yn hamddenol ar ôl y tacsi.

'Beth mae hwn yn mynd i wneud nawr 'te?' gofynnodd Rhidian iddo'i hun, wrth ei wylio. Stopiodd Eddie pan gafodd y tacsi ei ryddhau gan olau gwyrdd, a syllu ar ei ôl. Doedd y merched yng nghefn y cerbyd ddim wedi sylwi arno, ond daliodd i syllu ar y tacsi nes iddo ddiflannu o'r golwg. Pan welodd Rhidian fod Eddie'n troi 'nôl i gyfeiriad y dafarn, cododd a mynd at y bar. Rhyw funud yn ddiweddarach roedd Eddie yn ôl yn sefyll wrth ei ymyl.

'Ti moyn peint arall felly, wi'n cymryd?'

Amneidiodd Eddie, a chymryd y gwydr llawn ganddo.

'Diolch ... 'sgwn i os ydi hi dal hefo fo?' meddai.

Roedd yn siarad megis â fo'i hun. Rholiodd llygaid Rhidian yn ei ben.

* * * * *

Aled
Dydd Mercher, 18 Ebrill 1979

Digwyddodd cwpwl o bethau anffodus heddiw. (Er bod un yn reit ddigri, mewn gwirionedd.)

Y cynta oedd colli 'ngwaith yn y ffatri gardiau. Doedd hynna ddim yn ddigri. Wrth i ni glocio allan heno a derbyn ein pacedi cyflog, cafodd chwech ohonon ni ein 'cardiau' hefyd (eironig braidd!). *Seasonal shift* yn y farchnad, meddan nhw. Rhywbeth dros dro oedd y gwaith i mi, ond ro'n i'n teimlo bechod dros y lleill. Felly ar ôl cael peint hefo Nev, oedd wedi cael sac hefyd, cega am y *management* a ffeirio rhifa ffôn (gan amau'n gry' na wnaen ni byth eu defnyddio nhw go iawn), es i 'nôl am adra ar yr *Underground*.

A dyna lle digwyddodd yr ail beth anffodus. Ro'n i ar y trên, yn darllen *Y Faner*, ac mi oedd 'na hogan ddel yn ista gyferbyn â fi. Edrychais arni hi. Edrychodd hi 'nôl arna i – a pheth prin ar y naw ydi cael rhywun sy'n fodlon edrych 'nôl i fyw dy lygaid di ar y tiwb. Felly mi wnes i gynhyrfu ryw fymryn, yn do. Falla bod hi'n ffansïo fi?

Do'n i ddim wedi meddwl ar y trywydd yma ers gorffen hefo Mandy, ac a bod yn onest, roedd o'n deimlad reit braf.

Ar y pwynt yma, mi estynnais fy hances er mwyn chwythu 'nhrwyn. Teimlais rywbeth caled yn saethu allan – ond pan edrychais i'n slei o sydyn i mewn i'r hances cyn ei stwffio 'nôl i 'mhoced, o'n i'n synnu braidd fod na ddim byd i'w weld yno. Daria! Roedd hyn wedi digwydd i mi rywdro o'r blaen. Rhaid fod o wedi saethu allan o'r hances – ar y llawr, fwy na thebyg, ond gwell tjecio rhag ofn fod o 'di glanio ar fy moch neu ar goler 'y nghrys – ond rhaid tjecio heb wneud pethau'n rhy amlwg i'r hogan ddel gyferbyn.

Dyma fi felly, yn rhwbio fy llaw yn ysgafn dros fy ngwddw, dros fy moch, a dros fy llygaid, yn union fel taswn i 'di blino braidd. Wnes i hyd yn oed agor 'y ngheg a dylyfu gên i helpu i roi'r argraff iawn. Methu ffendio dim. Da iawn. *All clear*.

A dyma sylwi fod yr hogan newydd sbio arna i eto, cyn edrych 'nôl lawr at ei llyfr. Gwnaeth yr un peth fwy nag unwaith. Ro'n i'n siŵr rŵan bod hi'n ffansïo fi. Dyma fi'n gwenu arni, ond mi edrychodd lawr at ei llyfr eto, yn swil i gyd. A dyma hi'n codi o'i sêt wrth i'r trên ddod mewn i Great Portland Street, ac mi oedd gen i broblem rŵan, achos nid hwn oedd fy stop i, felly be o'n i'n mynd i'w wneud? Ei dilyn hi allan a gweld lle oedd hi'n mynd, a tharo sgwrs, hwyrach? – ond haws dweud na gwneud!

Agorodd y drysau ac aeth hi allan, ond o'n i fel 'swn i 'di 'mharlysu neu rwbath, yn methu codi o'n sêt. A chyn i mi ddod i benderfyniad, roedd hi'n rhy hwyr, roedd y drysau'n cau. A dyna lle o'n i, yn tuchan yn dawel ac yn damio fy hun am fod mor uffernol o llipa, pan ges i gip ola arni hi, yn cerdded fel tywysoges lawr y platfform, wrth i'r trên dynnu allan o'r stesion.

Do'n i ddim yn bodoli iddi mwyach, wrth gwrs. Dyma oleuadau'r stesion yn diflannu wrth i ni fynd i mewn i'r twnnel, ac mi sbiais i'n ddigon digalon ar y sêt wag gyferbyn, lle roedd hi 'di bod yn ista, ac mi edrychais i fyny wedyn i weld 'yn llun 'yn hun yn adlewyrchiad yn y ffenest ddu. Ac mi ges i uffar o sioc! O'n i 'di troi'n Hindŵ! Roedd gen i smotyn yng nghanol 'y nhalcen – dyna lle oedd y baw trwyn wedi mynd!

Ac wedyn, wrth gwrs, mi ddeallais i; a dyna lle o'n i'n chwerthin yn uchel am 'y mhen 'yn hun, heb falio dim bod 'na bobl yn y carej yn troi, ac yn sbio'n rhyfedd arna i! Sut ddiawl fues i mor wirion â meddwl fod yr hogan ddel 'na yn ffansïo fi! Mi sychais i'r baw trwyn oddi ar ganol 'y nhalcen gan feddwl pa mor bathetig dwi 'di mynd. Ac wedyn o'n i'n teimlo'n reit isel.

* * * * *

Eddie
Dydd Mercher, 19 Ebrill 1989

Ers dechrau mis Mawrth, roedd Eddie wedi bod yn gweithio yn y fferyllfa yn ysbyty Barts. Roedd o wedi cael *stint* yno unwaith o'r blaen ac roedd Sheila'n gwybod fod o'n deall y drefn yno. Dadlwytho'r faniau pan oedden nhw'n cyrraedd, tjecio fod y cyffuriau oedd wedi'u rhestru ar y ffurflen i gyd yno, ac yna eu cadw ar y silffoedd yn storfeydd y fferyllfa. Un diwrnod daeth potel pum litr o *opium* oddi ar un o'r faniau – ond fel arall, roedd o'n waith digon digyffro. Ond roedd gweld y cleifion o gwmpas yr ysbyty wedi gwneud i Eddie feddwl o'r newydd pa mor ffodus oedd o, yn medru cymryd ei iechyd yn ganiataol. Yn y dafarn hefo Rhidian y noson honno, mi fentrodd ofyn:

'Fyddi di'n meddwl weithia dy fod ti'n yfad gormod?'

'Bachan, falle nag wi'n ifed digon!'

'Callia!'

'Ti'n meddwl fod problem 'da ti?'

'Dwi'n ystyried torri lawr. Yn sylweddol.'

'Whare teg i ti – falle bo' fi *in denial*, cofia – y peth cynta wnes i pan ddes i lan i Lunden i whilo am le i fyw o'dd mynd lan i'r Beer Festival yn Alexandra Palace.'

Rholiodd Eddie ei lygaid tua'r to, ond aeth Rhidian yn ei flaen gyda'i stori:

'Wi'n cofio ar y ffor' gytre wedyn, dechreues i siarad 'da'r Sikh ifanc 'ma, jest y ddau ohonon ni yn ffrynt y bws ar y ffordd i Finsbury Park. On i'n shilts, wi'n siŵr, ond ar y pryd o'n i'n meddwl bo' fi 'di cael eitha gweledigeth; felly wedes i wrth y crwt 'ma 'i fod e'n lwcus fod e'n dywyll ei grôn, achos fod hynny wastod yn mynd i stopo fe rhag colli'i eidentiti. A wnes i drial gweud 'tho fe taw dim ond yr iaith o'dd gyda ni'r Cymry, ac unweth ti 'di rhoi honna heibo, wel, sdim byd lot ar ôl 'da ti wedyn. Wrth gwrs, o'dd e'n meddwl bo' fi off 'y mhen. Ac erbyn hyn, alla i weld bod dadansoddi pethe fel'na tam' bach yn naïf ...'

Roedd Eddie'n edrych ar Rhidian fel petai o wedi gweld ysbryd, ond roedd Rhidian yn dechrau cael hwyl arni a sylwodd o ddim.

'Ond jiawl, meddylia nawr 'se pob Cymro yn Llunden yn frown ... ac yn gwerthu cyrri yn lle lla'th!' 'Trïwch sbesialiti y tŷ – *chapatis* bara brith a cawl cennin *korma*!'

Roedd Eddie'n dal i edrych arno gyda golwg ryfedd yn ei lygaid.

'... Eddie? ... Eddie? Ti'n iawn?'

'Yndw ... yndw ... jest cael rhyw fath o *flashback* mwya od ...'
Ysgydwodd ei hun.

'... rhyfedd iawn ... dwi'n iawn rŵan. Rownd fi, ia?'

'Ti'n siŵr?'

'Ia – *bugger it.*'

Gwenodd ar Rhidian ond roedd 'na ansicrwydd yn y wên o
hyd.

* * * * *

Aled
Dydd Gwener, 20 Ebrill 1979

Dwi wedi cael gwaith newydd, fel *driver's mate* i Keith. Brawd
Nev ydi o, felly mae'n dangos 'mod i'n hollol rong am werth
ffeirio rhifau ffôn! Ac mae Nev wedi cael gwaith yn ôl yn y ffatri
gardiau. Dydd Llun dwi'n dechrau hefo Keith; yn delifro pethau
mewn fan o gwmpas y West End. Fi fydd yn ei helpu fo i lwytho
a dadlwytho.

Felly heddiw, mi ges i ddiwrnod i'r brenin. Ac ar ôl gweld y
lluniau 'na yn yr hen albym o'r atig penwsnos diwetha, ro'n i
awydd gwneud mwy o waith hel achau. Felly lawr â fi i Portugal
Street, i'r Public Record Office. Dwi 'di bod yno o'r blaen. Hen
bobl sydd yno fwya, pawb yn wargrwm o flaen eu sgrin fach, yn
craffu-ddarllen yr hen ddogfennau, neu'n weindio'r rholyn
meicroffilm fel petha o'u coea, yn trio cael hyd i'r stryd lle oedd
eu neiniau neu'u teidiau'n byw, 'nôl yn 1871 neu be bynnag.

Chwilio am fy hen hen daid o'n i, sef taid Taid. Roedd 'na
sôn yn y teulu fod o wedi cael ei fabwysiadu – ond tybed oedd
hynny'n wir? Tybed fasa cofnodion y Cyfrifiad yn medru bwrw
rhyw oleuni ar y mater? Ac ar ôl dwy awr o weindio fy ffordd
drwy roliau meicroffilm, a straenio fy llygaid hefo'r sgwennu
copperplate felltith, sy'n edrych mor dwt ond sydd mor anodd

i'w ddarllen, mi ges i'r ateb yng Nghyfrifiad 1841. Roedd John Griffiths, yn 5 oed, yn byw yn Nhyddyn Ucha, Capel Garmon, ac yn 'adopted son'; felly mae'r stori yn wir. Sgwn i pwy oedd ei dad a'i fam o felly?

Ond yn fwy diddorol na hynny, Tyddyn Ucha oedd y tŷ cynta yn y rhan yna o'r Cyfrifiad ac roedd y swyddog wedi dechrau llenwi'r ffurflen yn Gymraeg, cyn iddo gofio pa iaith oedd o i fod i'w defnyddio, ac yna 'i gywiro'i hun! Felly (er iddo eu croesi nhw allan wedyn), gallwch ddarllen yn glir o hyd fod Richard Griffiths, ei dad, yn cael ei ddisgrifio fel 'Penteulu' ac 'Amaethwr', a John ei hun fel 'Mab maeth'!

Roedd gweld y Gymraeg fel'na yng nghanol y ddogfen Saesneg 'ma, a minnau yng nghanol Llundain, yn rhoi tipyn o wefr i mi, ond pan driais i sôn am hynny wrth Dad, doedd ganddo fo ddim pwt o ddiddordeb! Mae o'n anobeithiol weithiau. Ond ddylwn i ddim cega gormod, achos roedd o'n falch iawn 'mod i wedi cael joban arall mor handi, ac mae o wedi menthyg pum punt imi fel pres gwario, nes imi gael fy nghyflog cynta 'mhen yr wythnos.

* * * * *

Eddie
Dydd Gwener, 21 Ebrill 1989

Roedd Rhidian wedi cael gwaith newydd yn gweini byrddau mewn lle byta yn Shaftesbury Avenue – ac o ddydd Llun ymlaen byddai'n gweithio gyda'r nosau yn amlach o dipyn. Heno roedden nhw wedi dod 'nôl i fflat Eddie ar ôl *stop tap*. Roedd Eddie yn y gegin yn estyn caniau ac roedd Rhidian wedi sylwi fod 'na gopi o *Emynau a Thonau* ar y bwrdd.

'Wyt ti'n mynd i'r cwrdd o gwbl lawr 'ma?'

'Capal 'lly? Na – dim ers blynyddoedd.'

'Falle dylen ni ailafael ynddi. Es i gwpwl o weithie pan

ddechreues i yn Goldsmiths. O'n i'n mynd i Gapel y Boro. O'dd
'na deuluo'dd 'na sy wedi byw yn Llunden erio'd – sawl
cenhedlaeth ohonyn nhw i gyd yn siarad Cymrâg, whare teg
iddyn nhw.'

Pan ddaeth Eddie drwodd hefo'r caniau roedd Rhidian yn
edrych drwy'r llyfr emynau. Roedd nifer o *slips* papur yn nodi
tudalennau gwahanol.

'Beth yw'r rhain 'te? Dy ffefrynne di?'

'Hollol.'

Agorodd Eddie gaead y Dansette oedd ar y llawr, a
thynnodd 'Dan ei Faner Ef' allan o'i chlawr a rhoi'r record ar y
turntable.

'Beth yw hyn 'te – cymanfa?'

'*Don't mock,* washi. Oherwydd y ffor' 'dan ni 'di cael ein
magu, mae gin ti a fi lond jiwcbocs o emyna tu fewn i ni, 'sti.'

'Hmm. Mae'r nodwydd yn tueddu i stico ar ôl y pennill
cynta yn fy achos i.'

Cododd Eddie ei ben o'r Dansette ac amneidio'n chwyrn:

'A finna! Yn union! – dyna pam mae angen y llyfr – ond
gwranda pa mor ffantastig 'di'r emyna 'ma!'

Ar ôl gollwng y nodwydd yn ofalus i'r trac cywir,
dechreuodd Eddie ganu llinell y bas:

'Tyrd atom ni, o Grëwr pob goleuni,
gwna di ein nos yn ddydd ...'

Ymunodd Rhidian yn yr harmoni wrth i Eddie droi'r sain yn
uwch fel y gallai'r ddau ohonynt ganu nerth eu pennau heb
foddi'r record.

Yna canon nhw 'I Bob Un Sy'n Ffyddlon ...' ac 'Arglwydd
Iesu arwain f'enaid'.

Ond wrth iddynt gyrraedd uchafbwynt 'A phan chwalo'r
greadigaeth', clywid sŵn curo dan y llawr.

'Beth o'dd hwnna?' gofynnodd Rhidian.

'Boi lawr grisia yn bangio ar y *ceiling*.'

'Wps! Gwell 'ni droi e lawr ife? Os yw e'n ddigon tal i gyrredd y *ceiling* sa i moyn cwmpo mas ag e!'

'Na, coes brwsh sy gynno fo, 'sti.' meddai Eddie gan gadw ei wyneb yn syth wrth edrych ar Rhidian ... nes i hwnnw biffian chwerthin.

Gwenodd Eddie a throi'r sain yn is, a rhoddodd Rhidian y llyfr emynau yn ôl iddo wrth i'r ddau setlo 'nôl yn eu cadeiriau.

'Wi'n lico'r un cynta 'na ...' meddai Rhidian, 'fe ganon ni hwnna yn angladd Mamgu ... "gwna di ein nos yn ddydd" – hyfryd 'chan!'

'Maen nhw'n rhan o'n gwead ni, tydyn? - y tona a'r geiria. Mae 'na rywbeth am yr iaith Feiblaidd 'na ...'

'O'ch chi'n gorffo dysgu adnode yn capel chi?'

'Oeddan, tad ... Mmmm ... "Tywyllwch ac nid goleuni yw dydd yr Arglwydd".'

'Hy! ... Joli iawn!'

'Ocê 'ta, beth am hwn: "Ond rheded barn fel dyfroedd, a chyfiawnder fel ffrwd gref ..."?'

'Pam yffach wyt ti'n cofio adnode mor *depressing* â'r rheini, 'te?'

'Dwi'm yn meddwl bod nhw'n *depressing* – dwi'n meddwl bod nhw'n briliant ...'

Yfodd Eddie ac edrych drwy'r ffenest ar doeau Wapping yn y nos:

'... Dwi wastad 'di meddwl fod Llundain yn ddinas y nos, mai tywyll 'di hi i fod.'

Crychodd Rhidian ei aeliau:

'Ond der mla'n – "tywyllwch nid goleuni yw dydd yr Arglwydd" wedest ti, ie? - shwt mae hynna'n gwneud sens 'te?'

Yfodd Eddie o'i gan yn araf, cyn ateb:

'Wel, 'sneb yn siŵr ... efallai fod o'n digwydd o'n cwmpas ni rŵan - yn y nos!'

Rholiodd Rhidian ei lygaid:

'Dydd yr Arglwydd yn y nos?'

'Ond 'sneb yn gwybod, nag oes? Falla bydd pob math o bethau'n bosib, pan fydd "barn" yn rhedeg "fel dyfroedd, a chyfiawnder fel ffrwd gref ...".'

'Ti'n meddwl?'

Ond doedd Eddie ddim yn gwrando; roedd yn dal i fyrlymu siarad:

'... Dychmyga "farn" fel afon yn sgubo'r strydoedd yn lân ac yn golchi drwy'r tiwbs tanddaearol. Ti ddim yn meddwl weithia, y basa'n braf cael dechra popeth eto? A phob dim wedi'i olchi'n lân?'

Chwarddodd Rhidian yn nerfus:

'*Whoa* am funed!'

Pwyntiodd ei fys yn feddw gyfeillgar i gyfeiriad Eddie:

'Ti'n mynd tamed bach yn rhy *weird* i fi nawr!'

* * * * *

Aled
Dydd Sadwrn, 21 Ebrill 1979

Dwi 'di ffraeo hefo Davies.

Roedd y stori'n dew hyd y lle fod yr NF am fartsio'n Harlesden, ac roedd yr ANL am eu rhwystro nhw. Wnes i feddwl ffonio Mandy i ofyn oedd hi am ddod hefyd, ond penderfynais beidio. Chris o'r coleg chweched dosbarth oedd wedi dweud wrtha i am y brotest, felly efallai bod hi'n mynd beth bynnag.

Ffoniais i Davies wedyn, a chael fy nychryn fod o ddim yn meddwl 'fod e'n unrhyw beth i wneud â ni', a doedd o ddim yn meddwl fod yr NF mor wael ag yr oedd pobl yn honni beth bynnag! Ro'n i'n meddwl 'mod i'n nabod Davies yn dda, bod ni'n llosgi'r un petrol ...

Triodd o daflyd y peth 'nôl ata inna wedyn:

'Pam ti isio mynd beth bynnag? Gobeithio gweld Mandy, siŵr o fod.'

'Nagdw! Be 'sa'r ots am hynny beth bynnag? Mae'n bwysig dangos ochr, yn tydi?'

'Ie, a fi fydd yn gorfod codi'r pishys pan fydd hi'n dympio chdi eto.'

'Paid bod mor blydi *patronizing*. Dwi'm isio dim ffafra gen ti, mêt. Nac unrhyw *fascist sympathiser* arall!'

Efallai fod hynny'n rhy gry. Ond ro'n i wedi gwylltio. Ac roedd o wedi taro nerf hefo'r sylw am Mandy.

Felly lawr â fi ar y trên i ganol Harlesden, a theimlo'r tensiwn yn syth. Roedd hi ychydig yn afreal i gychwyn, fel bod yng nghanol torf bêl-droed sydd newydd adael y stadiwm, a does neb yn siŵr ydi pawb am fynd adre'n dawel, ynteu ydach chi'n mynd i droi cornel a chael eich hun wyneb yn wyneb â'r nytars o'r clwb arall.

Bob hyn a hyn byddai ceir yr heddlu yn ceisio cau'r lôn o'n blaenau, a ninnau wedyn yn gwasgaru lawr strydoedd, neu'r entri tu cefn i'r tai teras. Roedd y cyfan fel rhyw gêm swreal, a ninnau'n ceisio cadw un cam ar y blaen i'r cops, a dal i anelu am lwybr yr orymdaith. Wnaeth nifer o Rastas ymuno â'r dorf, a'r rheini'n cario ffyn. Dechreuais ofyn i fi fy hun be o'n i'n da yn rhuthro o gwmpas Harlesden fel hyn, weithiau'n rhedeg, weithiau'n cerdded, mewn torf oedd yn chwarae mig â'r heddlu.

O bryd i'w gilydd byddai si newydd yn cerdded drwy'r dyrfa ynglŷn ag union leoliad yr NF, a ninnau'n newid cyfeiriad o ganlyniad, ond heb weld dim. Yna, mi gyrhaeddon ni wal y fynwent Iddewig yn Willesden, a dyna lle oedden nhw. Jac yr Undeb ar y blaen, tri neu bedwar mewn siwtiau, a rhyw dri deg o *skinheads*. A'r heddlu yn gylch o'u cwmpas fel wal wrth iddyn nhw orymdeithio lawr y lôn wrth ymyl y fynwent.

Rhuthron ni atyn nhw, gan weiddi, a *skins* yr NF yn gweiddi 'nôl. O'n i'n teimlo chydig yn hunanymwybodol wrth weiddi, fel petawn i ddim i fod yno, ddim yn rhan o'r peth go iawn.

Yna'n sydyn, tasgodd un o'r *skins* allan drwy linell yr heddlu a dyrnu rhyw foi mewn siaced felfaréd. Ei sbectols yn torri. Ei drwyn a'i lygad yn waed, ond yr heddlu yn agor eu rhengoedd ac yn gadael y *skin* 'nôl mewn i'r gorlan cyn cau'r bwlch yn ôl! Es i'n benwan fel pawb arall, a'r myll yn chwalu unrhyw deimladau hunanymwybodol fu gen i eiliadau ynghynt.

Roedd pobl wedi dechrau codi unrhyw beth oedd wrth law er mwyn pledu'r NF a'r heddlu, a finna am y gorau yn eu plith, yn crafu am frigau a mwd o'r *verge* wrth wal y fynwent, i luchio atyn nhw tra o'n i'n symud fel cranc wysg fy ochr i gadw i fyny hefo'r orymdaith.

'*Head 'em off! Head 'em off!*'

Roedd pawb yn rhedeg o flaen yr NF rŵan ac yn ffurfio llinell o gyrff ar draws y stryd, rhyw ddau gan llath yn is i lawr. Wnes innau 'run fath, gan gymryd fy lle yn y rhes flaen. Stopiodd yr orymdaith o'n blaenau, o fewn hanner canllath i ni. Oedden ni 'di ennill?

Dechreuodd rhai floeddio'n fuddugoliaethus, '*One-nil! To the ANL! One-nil! To the ANL!*' ond ar hynny, daeth pum fan wen allan o un o'r strydoedd cefn; agorodd eu drysau ôl a rhedodd plismyn allan yn un haid i'n cyfeiriad.

'SPG!' gwaeddodd rhywun. Cotiau du heb rifau arnynt. Fel chwilod mawr. A ninnau'n ddiymadferth fel cnonod o'u blaenau. Cnonod yn aflonyddu gan ofn wrth lincio breichiau ar draws y stryd. Eiliad cyn iddyn nhw daro yn erbyn ein llinell, mi wyddwn i na allen ni ddal. Roedden nhw'n bloeddio wrth agosáu:

'*D'you want some then?!*'

'*Fucking Commie wasters!*'

Chwalodd pawb am yn ôl er mwyn osgoi dyrnau'r heddlu. Pawb yn gwthio trwy'i gilydd i ddianc rhag y copars. Y boi drws nesa i fi yn gwingo allan o afael heddwas gan adael ei siaced yn ei ddwylo. Rhedeg rŵan. Ochrgamu. Hedodd potel lefrith trwy'r awyr a ffrwydro wrth fy nhraed. Ac un arall. Edrychais yn ôl i gyfeiriad yr heddlu yn methu coelio'r peth. Potel arall yn hedfan heibio 'mhen a sylweddoli wedyn mai o'r cyfeiriad arall roeddan nhw'n dod. Rhywrai o'r ANL oedd wrthi; y rhai oedd wedi cilio gynta ac wedi rhedeg ymhellach oddi wrth yr heddlu, cyn cael hyd i gratsh o boteli tu allan i siop. Ond doedden nhw ddim yn 'u lluchio nhw'n ddigon pell! Os na fyddwn i'n cael fy arestio roedd peryg imi gael fy mrênio gan botal.

Trodd dyrnaid ohonon ni i'r dde, i mewn i stryd fach lai, gan anelu am y stesion. '*Bloody 'ell,*' meddai'r boi nesa ata i, '*get a load of that!*' Ar gongol y stryd roedd chwe photel lefrith hefo carpiau yn eu cegau fel hetiau parti blêr. Roedd y seithfed wedi'i throi, a'i chynnwys yn llifo'n enfys ddiog tua'r gwter. Bomiau petrol!

Rhedon ni'n gynt wedyn a'n meddyliau'n reiat o ymddangosiadau llys a chyfnodau maith yn y carchar, cyn arafu a cherdded i mewn i'r stesion, yn trio anadlu'n normal, fel pe na bai dim yn bod. Sefyll wedyn ar y platffform gyda'n calonnau'n dyrnu gan ddisgwyl clywed curiad traed plismyn unrhyw funud ar y grisiau, ond daeth y trên, ac mi ddiflannon ni'n ddiolchgar i'w grombil.

* * * * *

Eddie
Dydd Sadwrn, 22 Ebrill 1989

"Na ti foi o'dd y Williams Parry 'na! "Marw i fyw mae'r haf o hyd, gwell wyf o'i golli hefyd" – athrylith, 'chan!'

Roedd ymdrechion Rhidian i ymddiwyllio wedi ehangu. Yn ogystal â'i ddogn wythnosol o'r *Faner* roedd wedi dechrau ymgodymu â hen gopi o *Yr Haf a Cherddi Eraill.*

Heno roedden nhw yn y Morgan Arms, Mile End. Er cymaint roedd Eddie'n mwynhau cwmni Rhidian, doedd o ddim yn siŵr nad oedd 'na beryg iddo fo gael ei hudo oddi ar y llwybr roedd o wedi'i ddewis iddo fo'i hun.

'Gwell gen i stwff diweddarach Williams Parry,' meddai Eddie:

'Rho awr o wallgofrwydd i'r llugoer tu ôl i'w fur,
Gwna ddaeargrynfeydd dan gadarn goncrit Philistia'

Amneidiodd Rhidian yn werthfawrogol, a chodi ei wydr:
'I'r "awr o wallgofrwydd"!'
Gwenodd Eddie.
'Dwi'm yn meddwl mai *dyna* oedd gynno fo ... ond maen nhw'n eiriau sy'n rhoi tipyn o gic yn din i ti, yn tydyn?'
'Ti'n meddwl? Neu y'n ni jest yn meddwi ar y geirie yr un peth ag y'n ni'n meddwi ar y cwrw 'ma? Smo cerddi'n *newid* unryw beth. "*Poetry makes nothing happen*", 'chan.'
Cododd Eddie ei sgwyddau.
'Hwyrach.'
'Ti'n *gwbod* 'ny! "*A free spanner with every poem*" – 'na'r unig ffordd newidi di unryw beth gyda cherddi! Beth bynnag, ni yn y *consumer society* nawr – ti ddim fod i *newid* pethe, ti fod i *gasglu* pethe a *newid* dy 'unan!'
Synhwyrodd Eddie fod 'na stori ar y ffordd a setlodd 'nôl yn ei sêt i wrando wrth i Rhidian fynd i stêm:
'Gad fi roi enghraifft i ti. Es i byrnu anrheg i ferch 'yn whâr heddi; mae'n cael ei bedyddio wsnoth nesa. Ta beth, 'na ble o'n i, yn y siop , yn dishgwl ar y powlenni 'ma gyda wningod mewn siwts arnyn nhw. Wel, wningod borcyn o'n i moyn, yntyfe? (Na, na, wi jest yn tynnu côs nawr!)
'Na, y broblem o'dd 'da fi o'dd hyn: o'dd dewish o ddwy bowlen 'da fi ac o'n i'n ffili penderfynu pwy un. Ar un o'nyn nhw, o'dd 'da ti lond platffform o wningod yn trial rhedeg y rheilffordd (sydd ddim ymhell o fel ma' ddi go iawn, ond stori arall yw honna!) ac ar y llall o'dd 'da ti growd o wningod yn dishgwl ar y teledu.
'Ac o'n i'n trial esbonio wrth y *salesman* bach, "shgwla,"

wedes i, "'sda fi ddim byd yn erbyn wningod, ac mae dewish yn beth digon iach, sbo, ond sa i'n lico cael 'yn dodi yn y sefyllfa hyn ble fi'n gorffo gwneud rhyw fath o *statement* trwy ddewis naill ai'r teli-wningod, neu'r rheilffordd-wningod, achos, t'mo, ni'n sôn am *seminal crockery* yn fan hyn; oddi ar hwn mae'n nith i'n mynd i fod yn byta bêcd bîns bore oes, a chwstad y blynyddoedd ffurfiannol, felly mae'n hollbwysig penderfynu beth mae'n mynd i weld pan mae'n cyrraedd y gwaelod – ife rheilffordd? Neu deledu?" A ti'n gwbod beth wedodd y *salesman* 'na wrtha i?'

'Be?'

'Yn gwmws! – "be?" Do'dd dim blydi syniad 'da fe am be o'n i'n sôn. Pyrnes i'r ddou a bant â fi.'

Gorffennodd Rhidian ei beint, cododd o'i sêt a chwifio'i wydr yn awgrymog i gyfeiriad Eddie. Estynnodd hwnnw ei wydr iddo. Ac i ffwrdd â Rhidian i'r bar gan adael Eddie'n gwenu iddo'i hun. Gallai gychwyn ar ei gynllun fory. A beth bynnag, roedd o'n mwynhau'i hun.

Ac am un ar ddeg, am ei fod o wedi penderfynu'n dawel bach na fyddai'n gweld Rhidian eto am sbelan go lew, derbyniodd ei gynnig i fynd 'nôl i'w fflat yn Mile End am ragor o ganiau. Aeth hi'n hanner 'di dau arno fo'n cychwyn adra o fanno ac roedd hi'n dal yn rhyfeddol o fwyn, er mor hwyr oedd hi. Dim ond pan gyrhaeddodd 'nôl i'w fflat ei hun y sylweddolodd ei fod o wedi gadael ei sgarff yn nhŷ Rhidian.

Gwenodd wrth gofio stori Rhidian am fwgan brain ei dadcu, ar ôl i hwnnw gael hen sgarff gan ficar Llandysul:

'Jiawl, o'dd e'n hala gyment o ofan ar y brain, nid yn unig o'n nhw'n cadw bant o'r ca', o'n nhw hyd yn o'd yn dod 'nôl â beth o'n nhw wedi dwgyd y flwyddyn gynt hefyd!'

* * * * *

Aled
Dydd Sul, 22 Ebrill 1979

Ar ôl profiadau ddoe, trodd fy meddwl unwaith eto at Mandy; roeddwn i jest isio rhannu'r profiad hefo rhywun fasa'n deall. Go brin y gallwn i siarad hefo Dad; yn sicr ddim hefo Davies. Basa Dad yn deall pam o'n i yno ond yn poeni'n ofnadwy am be ddigwyddodd wedyn. (Yn eironig, dwi'm yn amau na fasa Davies, gyda'i ddiffyg parch at gyfraith a threfn, wedi mwynhau'r ffrwgwd yn iawn. Ond fasa fo ddim isio sefyll ysgwydd yn ysgwydd hefo criw o '*lefties* eithafol'.)

Roeddwn i wedi ei ffonio hi gwpwl o weithiau yn ystod y mis diwetha i geisio trefnu mynd am ddiod, neu jest i gael sgwrs. Trio swnio'n ddidaro; ond roedd hi'n gallu synhwyro pa mor ddesbrat o'n i go iawn.

'*I don't think that would be a good idea, Al.*'

Roedd hi wastad yn amyneddgar ar y ffôn, ond doedd 'na ddim troi arni.

Ie, amyneddgar yn hytrach na chyfeillgar. Roedd hi 'di penderfynu rhywbeth ac roedd hi'n gwybod y basa'n cymryd ychydig o amser i fi ddal i fyny â hi. Ond mae 'dal i fyny' yn awgrymu closio, ac wrth gwrs unwaith o'n i wedi dal i fyny, ymwahanu'n daclus basan ni wedyn. Doedd pethau ddim yn gwneud synnwyr imi mwyach.

O'n i'n gwybod yn fy nghalon fod popeth ar ben. O'n i'n gwybod mai ofer fasa ceisio 'ailgynnau tân ar hen aelwyd'. Dim ond mewn diarhebion mae pethau felly'n digwydd. Ond roedd rhywbeth ynof i oedd yn cau gadael fynd. Fel mat cwrw gwlyb sy'n codi'n annisgwyl hefo gwaelod dy beint, yn glynu at rywbeth amhosib. A disgyn yn diwedd mae hwnnw hefyd.

* * * * *

Eddie
Dydd Sul, 23 Ebrill 1989

The Last Hurrah: noson o yfed *feature length*. Dim *intermission*.
Mae Eddie'n perfformio ac yn cyfarwyddo'i sgript ei hun.

(*Golygfa Un*)
Mae llaw yn gosod mat cwrw Watneys ar ymyl bwrdd, fel bod
ei hanner yn hongian yn y gwagle a'r gweddill yn gorwedd ar y
bwrdd. Mae'r mat cwrw yn sgwâr a'r bwrdd yn grwn. *Geometry*.
Welwn ni mo'r bwrdd i gyd, wrth gwrs. Sgwâr ar arc sydd
gennym , a bod yn fanwl gywir.
    Torri at lygad Eddie. Crwn. Mae'n canolbwyntio ar rywbeth.
    Torri at law yn codi gwydr peint. Crwn eto.
    Torri at siot o'r ochr. Ceg yn cymryd llowc o beint, a llaw
yn sychu'r geg wedyn, gan ffurfio arc arall.
    Torri 'nôl at y mat cwrw. Mae'r mat cwrw'n goch.
    Mewn siot wedi arafu, gwelwn gefn llaw yn codi o'r
tywyllwch o dan y bwrdd fel lifft yn codi i fyny siafft. Mae cefn
y bysedd yn taro'r mat cwrw, a hwnnw'n hedfan i fyny i'r awyr
at y camera gan droi drosodd yn araf fel gymnast. Mae'r llaw yn
dal i godi hefyd, y bawd a'r bysedd yn ffurfio pig aderyn, sy'n
petruso fymryn cyn cipio'r mat o'r awyr, fel hebog yn cipio'i brae.
    Torri at Eddie yn gosod y mat yn ôl ar ymyl y bwrdd.
Gwelwn am y tro cynta ei bod hi'n noson o wanwyn, a'r haul
hwyr yn oren trwy'r ffenest tu ôl i Eddie. Mae'r geiriau 'Public
Bar' o chwith yn y gwydr, ond does neb ond Eddie i'w weld yn
y bar.

(*Golygfa Dau*)
Torri at fat cwrw'n codi mewn siot wedi arafu, yn troelli
unwaith eto. Ond mae wedi newid ei liw i las. Mae'r llaw yn ei
ddal unwaith eto, a'i osod yn ôl ar ymyl y bwrdd. Mae'r mat glas
yn dweud Truman's.

Torri at Eddie yn codi ei law o'r mat cwrw ac yn gafael yn ei beint. Mae mewn tafarn arall bellach. Mae'r haul wedi machlud a lamp stryd yn gwawrio trwy'r ffenest. Mae un neu ddau o yfwyr eraill yn y dafarn hon, ond syllu ar y mat cwrw mae Eddie. Mae fel petai'r mat cwrw'n ei helpu i feddwl. Mae'n fflipio'r mat cwrw eto.

(*Golygfa Tri*)
Mae'n troi'n wyrdd. Mat cwrw Ruddles County.

(*Golygfa Pedwar*)
Mae'n troi'n ddu. Mat cwrw Guinness.

(*Golygfa Pump*)
Mae'n troi'n goch a brown. London Pride.

(*Golygfa Chwech*)
Mae'n troi'n las eto. Courage.

(*Golygfa Saith*)
Torri at Eddie yng nghornel tafarn lawn. Y tro yma mae'n fwy uchelgeisiol. Mae ganddo ddeg o fatiau cwrw, yn dŵr bychan ar ben ei gilydd. Mae'n astudio'r deg yn ddwys. 'Sneb arall yn cymryd sylw ohono. Mae ei law dde yn barod o dan y bwrdd, yn barod i godi. Heb symud ei law dde, mae'n cymryd ei beint gyda'i law chwith ac yn gorffen ei ddiod. Nid yw'n sychu ei geg y tro yma. Mae noson o yfed wedi gadael ei hôl blêr arno, ond mae 'na dân yn ei lygaid o hyd, wrth syllu ar y matiau cwrw. Mae'n eu fflipio. Mae'n eu dal.
Torri at ddeg o fatiau cwrw yn llaw Eddie. Mae'n eu dal o flaen ei lygaid, y matiau nesa at y camera mewn ffocws perffaith, a'i lygaid yn y cefndir, allan o ffocws. Newidiwn ffocws at ei lygaid. Mae o wedi dod i benderfyniad. Mae hi'n bryd.

Torri at Eddie'n rhoi'r deg mat cwrw ym mhoced ei siaced ac yn codi. Mae'n cerdded tuag at y camera wrth adael y dafarn. Wrth fynd, mae'n dweud yn dawel:

'*You won't be seeing me again.*'

Siarad hefo fo'i hun mae o, a does neb yn cymryd sylw, wrth i'w wyneb lenwi'r ffrâm – ac yna mae o heibio'r camera.

Düwch. Mae sŵn y dafarn yn distewi'n ddim.

* * * * *

Aled
Dydd Sul, 22 Ebrill 1979

'*London has the effect of making one feel personally historic,*' meddai 'Nhad. '*V.S. Pritchett biau'r geiriau ...*'

Roedd o fel petai am gario 'mlaen ond wnaeth o ddim. Eistedd yn nhafarn y Prospect of Whitby oedden ni, yn edrych ar afon Tafwys yn llifo heibio.

Roedd hi'n un o'r gloch, ac roedden ni newydd orffen cinio cig oen a thatws a phys a grefi. Trwy ffenest y dafarn gwelwn gwch yn gyrru lawr yr afon gyda llwyth dirgel dan *tarpaulin* du. Roedd yr haul yn fflachio ar ffenestri'r cwt llywio ar ei gefn. Aeth y cwch yn ei flaen, tua Limehouse Reach.

Edrychodd y ddau ohonon ni ar draws yr afon gan fwynhau distawrwydd dydd Sul yn y ddinas. Disgwyliais i Dad ailafael yn ei sylwadau ond doedd dim rhaid iddo, o'n i'n gwybod be oedd o'n feddwl. Mewn lle fel canol Llundain, lle mae hanes ar bob llaw, allwch chi ddim peidio â theimlo'n rhan o'r olyniaeth.

Ond dwi hefyd yn teimlo'n rhan o lif hanes Cymru. Hyd yn oed fa'ma yn Llundain ...

* * * * *

Eddie
Dydd Llun, 24 Ebrill 1989

Roedd gan Eddie lyfr nodiadau. Doedd o ddim wedi sgwennu ynddo ers blynyddoedd ond fe'i hestynnodd ar ôl ei *Last Hurrah* gan deimlo y dylai o sgwennu rhyw fath o gofnod. Roedd hi wedi bwrw dros nos ac erbyn hyn roedd y byd yn wlyb ac yn lân. Tapiodd Eddie ei bensil yn erbyn ei ddannedd wrth hel ei feddyliau. Edrychodd 'nôl ar rai o'r pethau yr oedd wedi'u cofnodi yn y gorffennol:

mae athrawiaethau fel stafelloedd, a fel 'dan ni'n gwbod hefo stafelloedd, gwaca'n y byd ydyn nhw, mwya maen nhw'n edrych. Maen nhw'n gallu bod yn llefydd da i guddio rhag y byd.

Cododd Eddie ei aeliau. Hmm. Roedd hi'n amser gadael yr ystafell. Caeodd y llyfr ac estyn ei gôt.

Ei 'athrawiaeth' ers deng mlynedd oedd osgoi celwydd. Ond unwaith eto, roedd celwydd yn mynnu ei dynnu i lawr a'i gloffrwymo. Roedd yn bryd torri'r cylch ...

Gwyddai fod dynes allan fanno allai roi atebion iddo. Doedd o ddim yn ei nabod hi, mwy nag oedd hi yn ei adnabod o, ond gwyddai lle gallai gael hyd iddi. Teimlai ias o adrenalin wrth adael ei fflat.

Prynodd *Evening Standard* yn y siop gongol. 'THIRD WOMAN KILLED IN KNIFE ATTACK,' meddai'r pennawd. Gwyddai Eddie fod dyn sy'n sefyllian tra mae'n darllen papur yn tynnu llai o sylw na dyn sy'n loetran heb ddim yn ei ddwylo. Talodd am ei bapur a'i godi o'r cownter. Roedd llaw y siopwr yn estyn tuag ato, yn ymbil arno.

'*Don't forget yer change, mate.*'

Gwenodd Eddie a'i gymryd.

* * * * *

Aled
Dydd Sadwrn, 28 Ebrill 1979

Bues i'n gwylio *prelims* y Middlesex Sevens pnawn 'ma, heb Dad
– roedd o wedi blino braidd, medda fo. Welais i mo Davies. Es
i 'nôl adra yn reit handi wedyn, imi gael gwneud ychydig o waith
adolygu. Roedd Dad yn gwrando ar y radio pan ddes i mewn.

'Be wnaeth Tottenham pnawn 'ma?'

'Colli 2-1.'

'Pwy ga'th gôl i Spurs 'lly?'

'Hoddle. O'r smotyn.'

Estynnais gwpanau i wneud panad – y mŵg Cymry
Llundain i fi a'r mŵg Tottenham iddo yntau.

Pan o'n i'n hogyn bach ac yn cael stori gan Dad cyn mynd i
gysgu, un o'r ffefrynnau oedd ei hanes o yn mynd i weld
Tottenham am y tro cynta hefo Nain. Erbyn y diwedd, gallwn
ei gydadrodd hefo fo, bron.

'Roedd hi'n 1944 ...'

'... ac roedd Taid i ffwrdd yn y rhyfel, ynde?'

'Ia, ac roedd Nain wedi cytuno i fynd â fi i White Hart Lane,
i weld gêm Tottenham yn erbyn ...'

'West Ham!'

'Dyna ti! Ac roedd Arthur Willis yn chwarae'r diwrnod
hwnnw; a Ron Burgess – Cymro oedd hwnnw – ond un o
chwaraewyr y tîm arall dwi'n ei gofio fwya o'r diwrnod hwnnw
... Archie Macaulay oedd ei enw o, *wing half*, o'r Alban. Gwallt
coch gynno fo. A dyna lle oedd o, yn gallu pasio chwaraewyr
eraill fel tasan nhw'n sefyll yn llonydd, a finna'n rhyfeddu at ei
ddawn. Yn sydyn reit, sylweddolais – *roedd* y chwaraewyr eraill
wedi llonyddu go iawn.'

'Pam, Dad?'

'Achos roeddan nhw i gyd yn edrych i fyny i'r awyr, ac roedd
y dorf wedi distewi hefyd; yna hedodd *doodlebug* i'r golwg
uwchben yr eisteddleoedd! Ti'n cofio be oedd hwnna?'

'Bom yn hedfan ben ei hun bach.'

'Ia! A chyn gynted bron ag y daeth hi i'r golwg, mi wnaeth yr injan stopio. Roedd hi'n mynd i ddisgyn! Ac roedd hi'n mynd i gyfeiriad ein tŷ ni!'

A dyna fy nghyfle i ofyn:

'A be ddigwyddodd wedyn, Dad?'

A byddai'n dweud sut yr oedden nhw wedi clywed clec y ffrwydrad yn glir, ond roedd wedi disgyn ddwy stryd i ffwrdd, diolch i'r drefn. Ond yn ôl Dad, nid y rhyddhad o ffendio bod y tŷ'n dal yn iawn oedd wedi aros hefo fo,

'... ond yr eiliad 'na o wylio Archie Macaulay yn trin y bêl, cyn deall mai ni'n dau oedd y ddau ola o'r holl filoedd yn White Hart Lane i sylweddoli fod 'na rywbeth arall yn mynd ymlaen. Roedd yn deimlad od iawn ...'

* * *

Roedd y teciall wedi berwi.

Dwn i'm pam fod y stori 'ma'n apelio gymaint ata i ar y pryd – ac yn dal i wneud, hyd heddiw. Stori ddigri braidd, heb ddechrau na diwedd iawn.

Rhyfedd meddwl pa straeon mae rhieni'n dewis eu hadrodd wrth eu plant, a'r rhai maen nhw'n eu cadw'n ôl. Y diwrnod o'r blaen mi ddeudodd Dad 'tha fi fod gynno fo lygoden anwes pan oedd o'n llai. Do'n i erioed wedi clywed am hynny o'r blaen – doedd gen i ddim syniad! Do'n i 'rioed 'di meddwl amdano fo fel boi anifeiliaid. Sgwn i pa straeon eraill sydd ganddo i'w rhannu?

* * * * *

Eddie
Dydd Llun, 1 Mai 1989

Roedd Eddie yn y caffi eto bore 'ma. Roedd y perchennog yn dechrau ei amau, ac yn cadw golwg arno wrth droi'r bacwn yng nghanol y stêm tu ôl i'r cownter. Wastad yno am wyth. Wastad yn eistedd yn y ffenest. Wastad yn gwylio'r stryd. Panad a brechdan facwn bob tro a hynny'n para hanner awr. Roedd hyn yn mynd ymlaen ers wythnos. Doedd dim sgwrs i'w chael gynno fo, er ei fod o'n ddigon serchog. Roedd o newydd fwrw ei gyllell ar y llawr wrth godi o'i fwrdd.

Gwenodd Eddie'n ymddiheurol ar berchennog y caffi wrth godi ei gyllell. Mewn lle mor dawel roedd unrhyw sŵn sydyn yn tynnu sylw.

'Fusutors,' medda fo wrtho'i hun – dyna oedd yr hen goel, ynde? Gollwng cyllell yn arwydd fod pobl ddiarth am alw. Tybed? Teimlodd bwysau'r gyllell yn ei law. *Sheffield Steel,* meddai'r sgrifen ar ei llafn. Taflodd y gyllell ryw chwe modfedd i'r awyr a'i dal, cyn ei gosod 'nôl ar y bwrdd yn dawel. Roedd y dur yn oer dan ei gledr boeth. Tyrchodd bris panad-a-brechdan o'i boced a'i adael yn ynysoedd o newid mân wrth y gyllell, cyn ymadael â phlaned ei fwrdd, a hwylio allan i fydysawd y stryd. Ai heddiw fyddai'r planedau'n cloi fel cocos yn oriawr Duw?

Gwelodd Eddie y ddynes yn dod o'r fflatiau gyferbyn â'r caffi. Teimlodd ei law yn dechrau ysgwyd ym mhoced ei gôt. Ai heddiw oedd y diwrnod? Oedd o am ei dilyn hi a ...

A be? Edrychodd Eddie tua'r awyr fel petai'r ateb wedi ei sgwennu yno yn y cymylau, dim ond iddo graffu'n ddigon hir. Diflannodd y ddynes rownd y gongol. Na. Nid heddiw. Peidiodd yr ysgwyd yn ei law. Anadlodd yn ddwfn i sadio'i hun, cyn cerdded 'nôl yn araf i'w fflat ei hun. Efallai fory ...

* * * * *

Aled
Dydd Llun, 30 Ebrill 1979

Arhosais dan lamp ar gongol y stryd. Roedd Mandy newydd ddechrau gweithio gyda'r nosau yn yr Hand in Hand. Gallwn i daro i mewn. Dweud 'helô'. Dangos fod 'na ddim drwgdeimlad. Llyncu fy malchder gyda phob llymaid o 'nghwrw wrth sefyll fel adyn ar bwys y bar. Gallwn i 'i wneud o.

Edrychais i fyny at y lamp a thynnu deg ceiniog o 'mhoced, ei daflu i'r awyr a'i ddal ar gefn fy llaw. Roedd fy nwylo'n edrych yn annaturiol yng ngolau oren y lamp. Dyma dynnu un llaw yn ôl yn sydyn i ddatgelu pen y frenhines a hithau'n unlliw annaturiol fel cefn fy llaw.

Na. Nid heddiw. Ochneidiais am fy mod i mor wan. Efallai fory ...

* * * * *

Eddie
Dydd Mawrth, 2 Mai 1989

Aeth car heddlu heibio a diflannu lawr y stryd, ond welodd o mo Eddie yn y cysgodion; roedd o wedi dewis ei guddfan yn ofalus. Camodd allan i olau'r lampau stryd ac edrych tuag at dŷ'r ddynes.

Teimlai fod yn rhaid iddo ffarwelio, ond yn fwy na hynny, teimlai ryw ryddhad rhyfeddol. 'A wnaed, a wnaed', 'Tywyllwch ac nid goleuni yw dydd yr Arglwydd'.

Roedd yn barod i fynd adra.

Roedd yr hyn ddigwyddodd nesa yn boenus ac yn annisgwyl. Cydiodd rhywun ynddo o'r tu ôl, troi'i fraich a'i hyrddio yn erbyn y wal. Roedd amser wedi arafu. Fedrai o ddim gweld ei ymosodwr, dim ond ei glywed yn anadlu'n drwm ar ei wegil. Clywodd flas gwaed yn ei geg. Ei waed ei hun. Yna clywodd lais cyfarwydd yn sgyrnygu yn ei glust ...

* * * * *

Aled
Dydd Mercher, 2 Mai 1979

Heno mi gawson ni joban yn delifro carpedi i D. H. Evans. Ar ôl i ni ddod â'r rholiau i gyd i mewn, roedd y dyn diogelwch yn ein cloi ni mewn ac yn diflannu am ei swper. Roedden nhw'n rhy hir i ffitio yn y lifft, felly roedd yn rhaid i ni 'u helcyd nhw fesul un, i fyny'r grisiau o gwmpas y lifft i'r llawr ucha.

'*I've 'ad a job like this before,*' meddai Keith, 'mi ddôn nhw 'nôl i'n gadael ni allan am naw, achos dyna pryd fydd y ffitars yn dod mewn i weithio dros nos. *If we get a move on now, we can have a lie-down later on, on the beds in the Furniture Department.*'

Buon ni wrthi fel lladd nadro'dd wedyn, a gorffen hanner awr yn gynnar yn union fel yr oedd Keith wedi rhagweld, a'r ddau ohonon ni'n laddar o chwys. Aeth o ar ei ben at ryw greadigaeth *pocket sprung* oedd yn lletach na'r un gwely welais i erioed o'r blaen.

'Mae hwn mor llydan 'sat ti angan megaffôn i siarad hefo'r misus! *If you don' fancy a kip, don' go too far, and keep ya thieving Germans to ya self!*'

Rhois i ddau fys a gwên iddo, wrth ei adael yn setlo 'nôl yn dywysogaidd a'i ddwylo tu ôl i'w ben.

Es i i'r adran gosmetig gynta a thrio rhyw *aftershave* o un o'r *testers* ar fy nghroen chwyslyd. Ymlaen wedyn at yr adran *menswear* a sbio ar ryw sgidiau na fedrwn i mo'u fforddio (ond o leia rŵan o'n i'n ogla fel petawn i'n gallu).

Dim ond y goleuadau argyfwng oedd ymlaen yn y rhan yma o'r siop, ac roedd y lle fel ogof enfawr yn y tywyllwch, gyda siapiau cyfarwydd yn troi'n gysgodion diarth. Roedd hi fel bod tu mewn i un o'r pyramidiau a phob man yn sanctaidd o dawel. Teimlais 'mod i wedi bod yma o'r blaen; am ryw reswm, roedd yn f'atgoffa i o'r profiad o fynd heibio i un o'r hen orsafoedd tiwb 'na sydd heb fod ar waith ers y rhyfel. Mae'r cyfan yn dal yno ond heb ei ddefnyddio ers blynyddoedd.

Hawdd credu yn nhywyllwch y deml fasnach hon ein bod ni mewn rhyw fath o *time warp* yn fa'ma hefyd, ac na fasa'r siop yn agor eto am flynyddoedd. Beth petai'r goleuadau'n dod ymlaen rŵan, a finna'n gweld bod y siop hon heb agor ers diwedd y rhyfel? Bron y gallwn ddychmygu'r *hoovers* hen ffasiwn ar werth am 47/6, yr arwyddion *coupons* dillad a'r *mannequins à la mode*, pob un a'i gwallt mewn *snood*. Mae'n siŵr fod Nain wedi gweld golygfeydd fel'na bob nos wrth adael y gwaith, a'r cyfan yn cael ei fwrw i'r tywyllwch wrth i'r *floor walker* olaf adael y llawr. Sefais yn y tywyllwch oedd yn pontio'r gagendor amser, nes i lais Keith yn y pellter fy ngalw i 'nôl i'r presennol. Roedd y dyn diogelwch wedi cyrraedd i'n rhyddhau ni ...

Es i adra, megis dyn mewn breuddwyd. Roedd hi'n wythnos cyn yr arholiad Cymraeg cynta. Roeddwn i wedi prynu *Tacsi i'r Tywyllwch* yn HMV Oxford Street y pnawn hwnnw. Roeddwn i am wrando arni cyn mynd i'r gwely.

Roedd popeth ar fin newid. Roedd 'na ambiwlans tu allan i'n tŷ ni, a'i olau glas yn arwain y cysgodion mewn cylch, mewn dawns orffwyll.

* * * * *

Eddie
Dydd Mawrth, 2 Mai 1989

Roedd Rhidian yn ei ddal yn erbyn y wal o hyd, gan droi braich Eddie tu ôl i'w gefn gydag un llaw, a gwthio'i wyneb yn erbyn y brics gyda'i law arall.

'Ma' tamed bach o waith esbonio 'da ti i wneud, nagos e?'

Rhan Tri

"Cyfoeth nid yw ond oferedd,
glendid nid yw yn parhau"

Aled
Dydd Iau, 3 Mai 1979

Mae gynnon ni Brif Weinidog newydd. Mae'n ddynas.

Sgen i ddim tad rŵan.

Anghofiais i bleidleisio, y tro cynta i mi gael y cyfle. Ro'n i wedi bod yn yr ysbyty trwy'r dydd.

Cyrhaeddais adra wedyn a rhois y teledu ymlaen. Dwn i'm pam. Isio clywed llais arall efallai. A chofiais wedyn 'mod i heb bleidleisio. Roedd cerdyn Dad, a 'ngherdyn innau, yn edliw o'r silff ben tân. Doedd yr un ohonon ni wedi bod yn rhan o'r dewis arbennig yma.

Mae'r teledu ymlaen yn y gornel. Dwi wedi diffodd y sain bellach. Mae Dad wedi marw. Mae dysgu dweud hynny fel meistroli rhyw ymadrodd mewn iaith arall; dydi'r geiriau ddim yn swnio'n iawn rywsut yn dod allan o 'ngheg i. 'Ma-e 'Nha-ad we-di maa-rww.'

Mae'r ddynas mewn glas yn codi llaw ar bawb. Mae hi wedi ennill. Mae hi'n hapus. Mae ei dillad hi'n las fel y blanced yn y 'sbyty. Dwi'n diffodd llun y teledu ac yn eistedd yn y tywyllwch hefo 'ngwydr.

* * * * *

Aled
Dydd Gwener, 4 Mai 1979

Sdim pedair awr ar hugain 'di bod ers pan fuodd o farw, ond mae llawer o'r trefniadau 'di'u gwneud.

Amlosgfa fydd hi, wythnos i heddiw. Nid mynwent. Dyna oedd dymuniad Dad. Dywedodd wrtha i ryw flwyddyn yn ôl. Dwi'n cofio'r sgwrs yn fyw iawn ...

Yn y dafarn oeddan ni. Y Sekforde Arms yn Clerkenwell. Wedi bod am dro. Roedd gynnon ni beint yr un o Young's Special o'n blaenau. Roedd hi'n ddiwrnod braf.

Tynnodd Dad yn fodlon ar ei sigarét, cyn dweud:

'Ti'n gwybod pan fydda i 'di mynd ... ?'

Roedd hyn yn annisgwyl. Smaliais 'mod i ddim yn deall, i drio sgafnu fymryn ar y sgwrs.

'O ... Lle dach chi'n meddwl mynd 'lly?'

'Ti'n gwybod be dwi'n feddwl.'

Tynnodd ei sigarét o'i geg ac edrych i fyw fy llygaid.

'Dwi isio cael 'yn llosgi, plis,' a daliodd ei sigarét o flaen ei lygaid, '– y mwgyn ola un.'

Edrychais ar ei sigarét gyda llygaid newydd. Fel 'tawn i 'rioed 'di gweld sigarét o'r blaen. Roedd y sgwrs yma wedi mynd ar drywydd chydig yn swreal. Gwyliais o'n gosod y sigarét at ei wefusau ac yn tynnu arni.

'Be wedyn?' meddwn innau, ar ôl saib afreal. Chwythodd fwg o'i geg a rhoi ei ben ar fymryn o ongl, yn arwydd ei fod o'n disgwyl i mi ddweud mwy, yn wahoddiad i mi ymhelaethu. Triais eto.

'Be dach chi isio i fi wneud hefo'r llwch?'

Tapiodd ei sigarét ar ymyl yr ashtrê. Symudiad cyfarwydd yn magu ystyr newydd.

'Hmm ... ia. Y llwch ... Wel ... be bynnag sydd leia o drafferth.'

'Nid mater o "drafferth" ydi o!'

'Gwna be bynnag ti'n meddwl sy'n iawn.'

Dim ond rhyw flwyddyn yn ôl oedd hynny. Tybed oedd o'n synhwyro yr adeg honno fod rhywbeth ddim yn iawn? Ond mi wnaeth o ollwng y peth i'r sgwrs mewn ffordd mor hamddenol – ac wedyn troi'r stori'n llwyr a dechrau sôn am ryw ffurat oedd gan ei daid o, os dwi'n cofio'n iawn. Trefniadau angladd a ffureta ar yr un gwynt, myn diân i.

Ond efallai mai fel'na dylai hi fod – trafod y petha mawr a mân fel ei gilydd. Pam ddylai o wneud rhyw araith am y peth?

(*Siot agos o Dad:*)
'Reit 'ta, Aled, mae gen i rywbeth pwysig i ddeud 'that ti rŵan ...'
(*Cue nodyn sinistr ar feiolin, a phopeth o'i gwmpas yn tywyllu wrth iddo gael ei oleuo mewn* spotlight *oedd uwch ei ben ...*)
Nid dyna steil Dad o gwbl ...

Ar ôl casglu 'i bethau a'r dystysgrif marwolaeth o'r 'sbyty, bues i draw yn Swyddfa'r Cofrestrydd.

Roedd hi'n rhyfedd gweld enw Dad ar y dystysgrif marwolaeth.

Gwilym Rhys Griffiths.

Yn ôl y doctor, achosion ei farwolaeth oedd

(i) Myocardial Infarction due to
(ii) ischaemic heart disease due to
(iii) smoking

'Be mae hynna'n feddwl – *myocardial infarction*?' gofynnais i'r cofrestrydd.

'*It's a heart attack*,' meddai, gan ostwng ei llygaid llawn cydymdeimlad proffesiynol.

'Mi gafodd o ddau,' medda fi, 'un yn tŷ nos Fercher ... ac un yn 'sbyty pnawn dydd Iau.'

Am ryw reswm, sibrydais y geiriau olaf hyn dan fy ngwynt. Rhywbeth rhyngof i a 'Nhad oeddan nhw. Pa ddiwrnod oedd heddiw? Dau ddiwrnod yn ôl, doedd dim o hyn wedi digwydd.

Ymddiheurodd y cofrestrydd am orfod brysio ond roedd ganddi briodas i'w gwneud, ac aeth popeth yn rhuthr o bapurach. Ffurflen amlosgi werdd. Ffurflen i'r DHSS. Taflen ar gyfer gweddwon.

('*Sorry, I realise that it's not entirely appropriate in your circumstances*, ond dyna'r cyfan sydd gen i ar hyn o bryd. Mae lot o wybodaeth berthnasol arni.')

A phum munud yn ddiweddarach ro'n i'n sefyll tu allan i'r swyddfa hefo'r rhain i gyd yn fy llaw. A hefyd, wrth gwrs, y dystysgrif marwolaeth ei hun.

Wedi edrych ar gymaint o'r rhain wrth hel achau yn gynharach yn y flwyddyn, do'n i erioed wedi stopio a meddwl beth fyddai dal un yn fy llaw yn ei olygu. Un ffres 'lly. Sgwn i sut oedd aelodau'r teulu wedi teimlo, wrth orfod gwneud yr un gorchwyl â minnau, ganrif yn ôl yn Llanrwst a Blaenau Ffestiniog?

Roedd colli Nain yn galed. Ond o leia roedd gynnon ni'n gilydd wedyn, roedd Dad a finna'n gallu pwyso ar ein gilydd. Mae colli 'Nhad heb rybudd yn waeth o lawer. Ac ar ben hynny sgen i neb i rannu'r boen. Wnes i ddim cysidro pa mor unig faswn i'n teimlo ar ôl ei golli o ...

Pan mae dy dad yn marw, yn sydyn reit, ti'n dod yn ofnadwy o ymwybodol o dy feidroldeb dy hun. Ti sydd nesa. Mae dy fam a dy dad wedi mynd o dy flaen di, ac felly dy dro di rŵan ydi cymryd cam i fyny at ddrws yr awyren. Ti sydd nesa i neidio – a sgen ti ddim byd ond Ffydd fel parasiwt. Falla cei di oedi ar y rhiniog hefo'r gwynt yn dy wallt am flynyddoedd eto, ond y pwynt ydi hyn: ti sydd nesa i neidio ...

* * * * *

Aled
Dydd Mercher, 9 Mai 1979

Mi wnes i freuddwydio am Dad neithiwr. 'Breuddwydio *hefo* rhywun' fyddai o yn ei ddweud bob tro, nid '*am* rywun'. Wnes i erioed ofyn iddo pam. Cha i'm cyfle rŵan.

Yn y freuddwyd roedd o'n fyw. Camgymeriad oedd y cyfan! Wedi smalio fod o 'di marw oedd o, er mwyn cael chydig o lonydd. Doedd dim ots gen i, wrth gwrs; 'swn i 'di maddau rhywbeth iddo, o'n i jest mor falch o'i weld o 'nôl yn fyw!

Breuddwyd oedd hi, wrth gwrs. Ond dwi'n teimlo'i bresenoldeb o, hyd yn oed pan dwi'n effro. Mae'n anodd esbonio *sut* yn union. Pethau bach od. Pan fydda i'n cerdded yn y dre, dwi'n teimlo o hyd 'i fod o newydd ddiflannu rownd y gongl, ac os wna i sbio'n ddigon sydyn mi ga i ryw gip arno fo, neu 'i gysgod, o leia. Gwelais briflythrennau ei enw ar blât cofrestru rhyw gar bore 'ma – GRG 745 M – a hwnnw'n Ford Escort, fel fyddai gynnon ninna ers talwm. Cyd-ddigwyddiad digon syml, mae'n siŵr, ond mi wnaeth hynny godi cryd arna i hefyd.

Es i edrych amdano fo yn lle'r ymgymerwr angladdau am y tro ola heddiw. Roedd ei wyneb wedi newid siâp rywsut, ond roedd ei wallt yn llyfn a du o hyd. Roedd o wedi tyfu dros ei glustiau braidd – fel tasa'r gwallt heb ddeall yn iawn sut oedd o i fod i fyhafio ar ôl i'w berchennog farw.

Fo oedd y corff yna – ac eto dwi'n dal i ddisgwyl ei weld o; ar yr *escalator* sy'n mynd i lawr, efallai, pan fydda i ar y llall yn mynd 'nôl i fyny; neu yn sefyll ar blatfform yr ochr arall i'r cledrau, cyn i drên ein gwahanu.

* * * * *

Aled
Dydd Gwener, 11 Mai 1979

Wrth edrych drwy ffenestri'r car oedd yn dilyn yr hers trwy strydoedd gogledd-orllewin Llundain, yr hyn a'm trawodd i fwya oedd pa mor normal oedd pob dim. Pobl yn siopa, mynd â'r ci am dro, sgwrsio ar ochr stryd, a'r ceir du yn hwylio heibio iddynt fel petaen nhw'n anweledig.

Doedd neb yn cymryd sylw fod fy nhad wedi marw a'i fod o ar ei daith ddaearol ola. Roedd hi fel petai marwolaeth ddim yn bodoli. Efallai mai rhith ydi'r cyfan. Edrychais eto ar y siopwyr, a'r bysus coch, a'r tai pâr a'r gwrychoedd *privet* o'u blaenau. Efallai nad ydyn nhwtha'n bodoli chwaith? Petawn i'n cau fy llygaid a meddwl am rywbeth arall, tybed a fyddai'r cyfan yn diflannu?

Agorais fy llygaid am fod y car wedi stopio. Neidiais allan cyn i'r ymgymerwr agor y drws i mi. Edrychodd arna i gan godi'i aeliau ychydig. Deallais yr edrychiad yna. Pwyll piau hi. Nid gweddus yw rhuthro yng nghynhebrwng dy dad. Teimlwn fel petawn i wedi cael fy nal ar fin gwneud rynar o dŷ bwyta. Sythais fy siwt ac edrych i fyny ar yr adeilad er mwyn osgoi gweld arch Dad yn cael ei thynnu allan o'r hers a'i gosod ar droli.

Amlosgfa Golders Green. Honglad Edwardaidd o adeilad. Brics coch tywyll fel gwaed 'di ceulo ym mhob man, a seti pren fatha seti capel. Un o'r amlosgfeydd hynaf yn y wlad, mae'n debyg. Cerddais i mewn tu ôl i'r arch, heibio'r perthnasau pell, pobl o'r capel, athrawon eraill o ysgol Dad.

Eistedd yn y sêt flaen oedd yn wag ar fy nghyfer. Cydio yn y papur oedd yn rhestru trefn yr oedfa.

Roedd dewis yr emynau wedi bod yn hawdd, gan y byddai Dad yn aml yn cloi ein sesiynau canu yn y car trwy gyhoeddi, 'Ew, mi gewch chi ganu hwnna yn fy nghnebrwng i!' Tri emyn oedd yn cael sêl bendith yn y modd yma, 'Rhys', 'In Memoriam' a 'Crugybar'.

Dechreuon ni hefo 'Rhys' a dechreuais lenwi yn syth.

Rho im yr hedd na ŵyr y byd amdano,
hedd nefol hedd, a ddaeth drwy ddwyfol loes;
pan fyddo'r don ar f'enaid gwan yn curo,
mae'n dawel gyda'r Iesu wrth y groes.

Mae'n amhosib canu hefo lwmp yn dy wddw. Wedyn yr igian crio. Dechreuodd fy sgwyddau ysgwyd gyda'r straen o geisio rheoli'r tonnau o lefain oedd yn codi o fy mol. Gwyliais y cnebrwng cyfan trwy len o ddagrau. Ai dyna ydi 'nofio mewn cariad a hedd'? Theimlais i ddim hedd, 'mond rhyw gariad ffyrnig fel cyllell trwy'r galon, ond bu'r cyfan yn 'nofio' o flaen fy llygaid yn sicr ddigon. Caeais fy llygaid pan aeth yr arch drwy'r llen a theimlo'r dagrau'n ffrydio'n boeth i lawr fy mochau.

Ymwroli wedyn, sychu wyneb ac allan i ysgwyd llaw.

Roedd 'na nifer o Gymry Llundain yno. Gwyn, tad Davies, oedd wedi gwneud y deyrnged iddo. Davies ei hun. Pobl o gapeli Willesden Green a Charing Cross. Roedd nifer o gyd-weithwyr Dad yno.

Ac roedd Mandy a'i mam yno. Wnes i ddim sylwi arnyn nhw pan es i mewn. Wnaeth Mandy fy nghofleidio yn dynn, dynn, cyn cerdded i ffwrdd. Wnaeth ei mam afael yn fy llaw a dweud:

'Ddylet ti fod wedi dweud wrthon ni fod dy dad wedi marw, Aled ...'

Codais fy sgwyddau'n ddiymadferth.

'Ia ... dyliwn ... sori ...'

'Ddylet ti ddim gorfod gwneud hyn i gyd dy hun.'

'Dwi 'di arfer. Teulu bach fuon ni erioed. Teulu llai rŵan.'

Trio swnio'n ddewr o'n i. Ond roedd y geiriau'n jario. Gwenodd yn drist ac i ffwrdd â hi. Ond yn eironig, heddiw, am un diwrnod yn unig, doedden ni ddim yn deulu bach o gwbl. Heddiw roedden ni'n deulu mawr, gyda llawer o gefndryd Dad

wedi dod lawr o Gymru, plant Yncl Ywan o Landudno. Ro'n i
wedi trefnu brechdanau ar eu cyfer yn yr Hollybush yn
Hampstead. Roedd Dad yn licio'r lle am bod nhw'n dal i
ddefnyddio'r goleuadau nwy gwreiddiol a'r rheini'n fflicro.
Roedd 'na sawl cefnder nad o'n i wedi'u gweld o'r blaen, un o'r
Drenewydd, un arall o Lerpwl. Dwi ddim yn cofio llawer am y
sgyrsiau yn y dafarn ar ôl y cnebrwng, 'mond teimlo y dylwn i
fod yn cymryd hyn i mewn yn well, y pytiau o atgofion am fy
nhad. Ond ro'n i wedi blino'n ofnadwy. Cyn gynted ag y
teimlwn y gallwn i ddianc o'na heb bechu, mi wnes i lap olaf o
gwmpas y stafell.

'Diolch yn fawr i chi am ddod ... byddai 'Nhad yn falch ...
diolch yn fawr ...'

A gyda'r geiriau, 'Os oes 'na rywbeth allwn ni 'i wneud ...'
yn canu yn fy nghlustiau fel clychau, diflannais o'na ac anelu
am yr *Underground*. Er mai dim ond diwedd y pnawn oedd hi
pan gyrhaeddais y tŷ, caeais y llenni a mynd yn syth i'r gwely. A
chysgu'n sownd am y tro cynta ers dyddiau.

* * * * *

Aled
Dydd Sadwrn, 12 Mai 1979

Wrth ddechrau clirio, dyma agor y *bureau* lle cadwai Dad ei
lyfrau banc aballu. Roedd o wastad yn cadw'r peth ar glo. Llun
priodas o Mam a Dad. Llun ohonynt cyn hynny, yn gorwedd
wrth ochr llwybr mynyddig. Mam yn gorwedd yn y grug a Dad
hefo gwallt lled Elfis-aidd yn sefyll â sigarét rhwng ei fys a'i
fawd. A bod yn fanwl gywir, ro'n i'n methu gweld y sigarét am
fod ei fysedd yn gwpan amdani, ond o'n i'n gwybod fod hi yno,
am 'mod i'n nabod ei stumiau. Sgwn i pwy oedd wedi tynnu'r
llun?

Mewn drôr yn y *bureau* dyma fi'n rhoi fy llaw ar amlen

frown hefo sgwennu 'Nhad arni. Hen amlen frown, ond wrth ei dal yn fy llaw roedd y sgwennu arni fel drych yn dal y golau ac yn fy nallu. Mae pelydrau'r haul yn cymryd naw munud i gyrraedd y ddaear, ond roedd y goleuni hwn wedi cymryd tipyn yn hirach. Ro'n i'n nabod llawysgrifen Dad ar yr amlen, ond doeddwn i ddim yn gallu dirnad y geiriau:

Papurau Mabwysiadu Aled.

O dan yr amlen roedd llyfr clawr caled, *Adoption* gan ryw Margaret Kornitzer.

Teimlais y byd yn troi'n lludw yn fy ngheg, ac am funud tybiais fy mod i am chwydu.

Agorais yr amlen.

Fy enw, mae'n debyg, ydi Graham Edward Horne. Enw fy mam ydi Lucy Horne. Tad: anhysbys. Dwi'n dod o Wapping.

Fi 'di hwn. Y tamaid papur 'ma, sy'n nofio allan o ffocws o flaen fy llygaid.

Llaw Graham sy'n dal y papur. A fi ydi ...

Dwi'n ch-ch-chwydu crio a phob llef yn codi o waelod bol, yn rhwygo'r stafell.

Pam wnest ti ddim deud 'tha fi? Pam, Dad? Pam?

* * * * *

Aled
Dydd Sul, 13 Mai 1979

Es i lawr at yr afon lle roedden ni wedi cydyfed gwta dair wythnos ynghynt.

Y diwrnod hwnnw doedd dim llanw, ac edrychon ni ar y mwd o dan ffenest y dafarn. Wnaeth Dad sôn am y *mudlarks* a'r *toshers* fyddai'n ennill eu tamaid yn cribinio trwy'r baw ac yn mentro mewn i'r hen afonydd dan y strydoedd a'r draeniau ... roedd o'n gallu esbonio'r holl bethau hyn ... ond yn methu esbonio o ble o'n i 'di dod.

Does dim golwg o'r mwd heno. Mae'r llanw i mewn. Dŵr du sy'n llifo'n ddiamynedd heibio'r wal o dan fy nhraed. Ac mae niwl dros yr afon. Mae niwl ar bopeth. Efallai mai dyna pam fy mod i'n crynu.

Dwi ar goll.

Dwi'n amau popeth rŵan.

Pob dim. Dad a'i fapiau o Lundain. O'n i'n meddwl fod o'n edrych arnyn nhw fel tasa fo'n trio deall rhywbeth am Lundain. Falla nad trio deall Llundain oedd o, ond yn hytrach, trio deall sut y gallai o ddweud wrtha i mai fa'ma dwi i fod, ac nid 'nôl yng Nghymru. 'Dyma'r ddinas lle geson ni'n dau ein geni,' medda fo wrtha i ryw dro. Ond roedd gan y ddinas fwy o hawl arna i nag arnoch chi. A ddaru chi 'rioed fagu plwc i ddweud hynny 'tha fi. Gadael imi fwydro 'mlaen am dras a thraddodiad a mynd i'r PRO i hel achau, a doedden nhw'n ddim byd i wneud hefo fi go iawn. Dwi'n teimlo'n ffŵl! Mae fy hanes wedi mynd. Dwi 'di colli fy angor ...

Pryd oedd o'n mynd i ddweud 'tha i? Dwi 'di bod yn trio mynd 'nôl drwy'r atgofion i gyd hefo crib mân, yn chwilio am gliws. Mae'n chwalu 'mhen i ...

Neithiwr, mewn breuddwyd, wnes i ail-fyw'r stori 'na am wylio'r Sgotyn gwallt coch yn chwarae yn White Hart Lane. Y stori honno lle roedd Nain ac yntau heb sylwi ar y *doodlebug*. Yr unig ddau yn y lle i gyd. 'Rhyw ddydd, mi wnei di ddeall y teimlad yna,' medda fo.

Ond yn y freuddwyd neithiwr, fi oedd yr hogyn bach yn y dyrfa, nid Dad; fi oedd yn gwylio'r gêm heb ddeall fod 'na wirionedd hyll fatha *doodlebug* yn hedfan uwch ein pennau ni. A dyma Archie Macaulay yn rhoi ei droed ar y bêl, cyn edrych i'r awyr ac yna troi ata i yn yr eisteddle. Ond erbyn hyn roedd ei wyneb yn debyg ryfeddol i chi, Dad. Ac roedd o'n dweud wrtha i,

'Sbia, dyna'r gwir yn hedfan. Mae o ar fin ffrwydro, ond wnaiff o ddim niwed i ni, na wnaiff?'

Ac roeddwn inna'n gweiddi 'nôl, 'Ond pam wnest ti ddim deud 'tha fi'n gynt?'

A dyma fo'n cwpanu ei law o gwmpas ei glust – yn amlwg, fedrai o mo 'nghlywed i. Roedd o'n trio gwrando, ond doedd fy llais ddim yn cario, ac ro'n i'n gweiddi'n uwch ac yn uwch. Ac yna, diflannodd fy nhad, wrth i'r dynion tal o 'mlaen i godi i adael y cae ...

Rhan Pedwar

"ond cariad pur sydd fel y dur,
yn para tra bo dau"

Eddie
Dydd Mawrth, 2 Mai 1989

(Mae oriau mân y noson honno ychydig yn gymysglyd yn fy mhen, ond mi gofnoda i nhw gora medra i.)

* * *

Sychodd Rhidian y gwaed o 'nhrwyn i. Erbyn hyn roeddan ni 'nôl yn fy fflat – a'r ddau ohonon ni'n teimlo chydig yn chwithig yng nghwmni ein gilydd. Roedd un o 'nannedd llygad wedi'i jipio wrth i mi gael fy hyrddio yn erbyn y wal, a 'nhafod yn mynnu mynd at y bwlch cras anghyfarwydd.
　　'Pwy wyt ti felly? Aled neu Eddie?'
　　'Y ddau! Yr un enw ydi o yn y bôn ...'

* * *

(*Gyda fy wyneb yn rhwbio'n erbyn wal frics gras:*)

Llais Rhidian yn sgyrnygu yn fy nghlust.
　　'Wi moyn gwbod pam ti'n cwrso'r hen fenyw 'na!'
　　Ond do'n i ddim yn ei chwrso hi ...
　　'Wnei di 'ngollwng i os dwi'n trio deud 'tha ti?'

* * *

(*Wedi cael fy ngollwng o'r diwedd. Yn poeri gwaed o 'ngheg i.*)

Roedd Rhidian, mae'n debyg, wedi danfon fy sgarff yn ôl i mi y noson ar ôl i mi ei gadael yn ei fflat o, a digwydd fy ngweld i'n loetran hefo papur newydd ar gongol stryd.

'Ond o'dd golwg od ofnadw arnat ti ... felly penderfynes i gadw golwg arnat ti am sbel fach. A mwya o'n i'n gweld fel o't ti'n gwylio'r hen fenyw 'na, mwya o'n i'n ame.'

'Ama be?'

'T'mod, y *knife attacks* 'ma ...'

'*Knife attacks?*'

Chwarddais, er gwaethaf fy hun, yn methu â choelio 'nghlustia.

'Blydi hel, Rhidian! "Yr hen fenyw 'na", chwedl chditha, ydi fy mam ...'

Triais adrodd y stori o'r dechrau ...

* * *

Roedd Eddie wedi meddwl droeon be oedd rhesymeg ei dad dros beidio â dweud wrtho pwy oedd o go iawn.

Doedd o ddim isio dweud wrtho pan oedd o'n fach – mae'n debyg am fod ei fam newydd ddiflannu. Digon i'r diwrnod ei ddrwg ei hun.

Doedd o ddim am ddweud wrtho yn ei arddegau, am fod ei Nain 'di marw. (Tybed be oedd ei barn hithau ar y mater? Mae'n rhaid ei bod hi'n gwybod. Oedd hi'n ei annog i ddweud, neu yn perthyn i'r hen garfan sy'n dal mai camgymeriad ydi datgelu'r pethau 'ma, na ddylid dweud byth? Doedd 'na neb ar ôl y gallai Eddie ofyn iddyn nhw. Petai Eddie wedi ei fabwysiadu yn Llanrwst, gallech fentro y basa hanner y dre yn gwybod. Ond yn Llundain, mae bywyd eich cymdogion agosaf yn aml yn ddirgelwch llwyr – lle fel'na ydi dinas ...)

Mae'n debyg felly fod y celwydd wedi tyfu mor fawr dros amser, nes ei bod yn haws gwneud dim amdano na'i wynebu a'i drin;

haws ei anwybyddu na rhoi pìn ynddo, a rhyddhau'r blynyddoedd o grawn. Darllenodd Eddie lyfr Margaret Kornitzer, y llyfr yr oedd ei dad wedi'i gadw mor ofalus. Roedd ei chyngor hi yn glir:

'Dyw mabwysiadu ddim yn gyfrinach i'w chadw. Ni ellir ei chuddio am byth ac ni ddylid ei chuddio o gwbl.'

Be aeth o'i le 'ta? Yn ôl Margaret:

'Yr hyn sy'n gwir boeni pobl sy'n mabwysiadu, trwy gydol eu holl ansicrwydd ynglŷn â beth a phryd i ddweud, yw'r ofn y bydd y plentyn ar ryw bwynt yn eu gwrthod ac yn datgan ei awydd i ddychwelyd at y rhiant gwreiddiol.'

Weithiau hefo celwydd, mae'n haws cario 'mlaen. Be ddeudodd rheolwr y Rolling Stones? – 'Rheol Gynta Pop: mae celwydd yn dod yn wir, o'i ailadrodd yn ddigon aml'.

* * *

(*'Nôl yn y fflat. Erbyn hyn, roedd Rhidian yn llnau'r sgriffiadau ar ochr fy nhalcen.*)

'Ond pam wedest ti wrtha i fod ti'n dod o Landudno?'
'Mae gen i deulu'n yr ardal. Cefndryd fy nhad. Dwi 'di aros yno.'

Ro'n i tua phump oed y tro cyntaf i ni aros ar fferm Yncl Ywan yng Nglanwydden – a dwi'n cofio pa mor dywyll oedd hi yno, yn y nos. Ambell waith byddai car yn mynd heibio ar y lôn. Gwibiai'r golau ar draws y nenfwd fel pelydrau rhyw oleudy oedd ar frys i droi, a sŵn injan y car yn rhwygo'r nos, cyn tawelu wrth fynd dros ael y bryn.

Doedd hi ddim yn bosib gwylio ceir yn pasio ar nenfwd llofft yn Llundain am nad ydi'r tywyllwch 'run fath yn y ddinas. Tywyllwch dudew sydd yng nghefn gwlad, tywyllwch y gelli di sefyll llwy ynddo bron. Yn Llundain mae rhyw wawl oren yn glastwreiddio'r cyfan.

Torrodd llais Rhidian ar f'atgofion.

'Ie, ond so ti'n dod o Landudno!'

''Sneb llawer yn dod o Landudno. Dim llawer o neb Cymraeg beth bynnag. Dyna'r pwynt ...'

'Llai o jans i ti gael dy ddala mas felly?'

'Ia ...'

'Ond pam na faset ti jest 'di gweud ... taw un o Lunden oeddet ti? Pam yr holl ddirgelwch? Pam yr holl gelwydd?'

Ochneidiais. Ie ... pam yn wir?

* * *

Roedd Eddie'n casáu celwydd. Felly roedd o'n dweud wrtho fo'i hun. Roedd yn obsesiwn ganddo. Teimlai mor wirion, mor hurt, ei fod o wedi ymfalchïo mewn traddodiad teuluol a chymdeithas oedd ddim yn perthyn iddo go iawn. Felly mi wnaeth o dorri cysylltiad â phopeth o'i fywyd blaenorol, yn enwedig y pethau Cymraeg a Chymreig.

Capel.

Clwb rygbi.

Clwb Cymry Llundain.

Aeth ei gynlluniau i fynd i'r coleg yn angof. Roedd ei dad wedi gadael y tŷ iddo, ond roedd o'n methu wynebu aros yno. Gwerthodd y tŷ yn Pinner a phrynu fflat. Fflat yn Wapping ... am mai dyna gartre ei fam waed o. Ond byddai'n amser hir cyn iddo fedru wynebu chwilio amdani.

* * *

(Roedd y gwaith cymorth cynta yn dirwyn i ben.)

'Sa i'n deall pam wnest ti ddim jest ... anwybyddu fi ar y trên y diwrnod hwnnw. Fase 'di bod yn ddigon rhwydd gwneud ...'

Am dy fod ti'n darllen *Y Faner* fel y gwnawn inna ers talwm.

Am 'mod i isio siarad Cymraeg hefo rhywun am y tro cynta ers blynyddoedd.

Am fod deng mlynedd yn amser hir i brofi pwynt – ac i bwy?

Am 'mod i'n newid.

Ond ddim yn ddigon sydyn. Anodd torri arferion deng mlynedd yn syth. Deng mlynedd o fod yn Eddie. 'Wapping Eddie' weithiau. 'Five a side Eddie' am gyfnod byr. Byth Aled.

* * *

Mor hawdd ydi ailddiffinio dy hun, wrth ddechrau dweud c'lwyddau. Ond mae celwydd yn *gallu* bod yr un mor ddadlennol â'r gwir: 'Nes na'r hanesydd at y gwir di-goll ydyw'r dramodydd, sydd yn gelwydd oll'.

'Falle fod y celwydd 'na am Landudno yn dangos pwy o'n i *isio* bod.'

'Be ti'n feddwl?'

'T'mod ... Cymro.'

'Wel yffach, be ddiawl y't ti os nag y't ti'n Gymro, 'te? Cymro wyt ti i fi, ta beth!'

'Wel ... yndw a nagdw. I ti, yndw; ond i rywun arall, nagdw efalla.'

Ac i raddau, dyna i gyd ydan ni yn y pen draw, sef syniadau pobl eraill amdanon ni.

'Ond beth wi'm yn ddeall yw hyn,' meddai Rhidian, 'ti'n conan am gelwydd dy dad – a ti 'di bod yn gwneud gwmws yr un peth gyda fi!'

'Dwi'n gwybod. Mae'n uffernol o eironig, yn tydi? A ... dwi'n sori, gyda llaw ...'

Edrychodd Rhidian ar Eddie am hir. Yna gwenodd, a dweud yn dawel,

'Ie, wel ... gest ti gwpwl o glowts am dy drafferth ... a wi'n sori am 'ny 'fyd.'

* * *

Unwaith yn unig y bu Eddie yng Nghymru yn ystod y deng mlynedd ers ... ers i bopeth newid. Ar ôl llawer o *feddwl* am y peth a llawer mwy o *osgoi* meddwl am y peth, penderfynodd mai hefo'i fam a'i dad ym mynwent Cae Melwr, Llanrwst, oedd y lle iawn ar gyfer llwch Gwilym Rhys Griffiths.

Roedd o wedi cadw'r wrn mewn bocs yng nghefn y wardrob yn ei lofft, ac ambell waith, yn ei ddiod, byddai'n ei estyn allan a'i osod ar fwrdd y gegin yn oriau mân y bore, gan edrych arno'n dawel, wrth gael diod ola cyn cysgu. Waeth pa mor feddw oedd o, byddai wastad yn gofalu ei gadw 'nôl yn y wardrob cyn noswylio. (Roedd o wedi darllen *Murphy* Samuel Beckett, ac ni ddymunai i weddillion ei dad-nad-oedd-yn-dad gael eu hamharchu felly.)

'Dyma'r ddinas lle gawson ni'n dau ein geni' roedd ei dad wedi'i ddweud. Ai yn y ddinas, felly, y dylid gwasgaru ei lwch? Yr unig dro iddyn nhw drafod y peth, roedd o wedi osgoi dweud. Oedd hyn yn rhyw fath o brawf ola? Roedd Eddie yn benderfynol o beidio â rhuthro a gwneud dim yn fyrbwyll, ac wrth gychwyn am Gymru dair blynedd i'r diwrnod ar ôl marw ei dad, sylweddolodd ei fod, drwy oedi a pheidio gwneud dim, wedi talu teyrnged anfwriadol i'w dad. Hynny ydi, dyna'r union beth y basa yntau wedi'i wneud dan yr un amgylchiadau – oedi a gwneud dim. Roedden nhw'n gywion o frid er nad oedden nhw'n perthyn dim.

Perthyn dim. Fel yna yr oedd o wedi ei gweld hi yn y blynyddoedd cyntaf rheini. Doedden nhw ddim yn perthyn, ei dad ac yntau, a dyna ddiwedd arni. Ac eto, roedd o'n dal i gyfeirio ato fel 'Dad', er bod y cysylltiad rhyngddynt wedi'i chwalu. Ac wrth gwrs, roedd 'na arwyddocâd i'r ffaith mai yn y Gymraeg roedd o'n meddwl ac yn myfyrio am y pethau hyn.

'Doedden nhw ddim yn perthyn, ei dad ac yntau.'
Roedd y weithred, o'i geirio hi felly, yn hytrach na:
'*They were nuffin to do wiv each uvver, 'is fahver an' 'im.*'
yn dangos rhywbeth. Rhyw fath o gysylltiad. Rhyw ganlyniad o rannu'r daith.

Er ymwrthod â Chymru a'i phobl yn llwyr tan iddo gyfarfod â Rhidian, roedd y Gymraeg yn cau gollwng ei gafael arno fo. Be oedd Mandy 'di'i ddweud ryw dro? '*All this Welsh stuff's just a mother substitute.*' Da iawn wir.

'Hysbys y dengys y dyn o ba radd y bo'i wreiddyn.' Cael ei drawsblannu, neu'i impio ar fonyn arall gafodd Graham Edward Horne; ond roedd y planhigyn newydd wedi cael dyfnder daear yn y Gymraeg. Yr iaith oedd ei wreiddiau.

* * *

Roedd y teciall yn berwi.

Roedd hi'n dechrau goleuo dros doeau'r ddinas a minnau'n hwylio'r cwpanau'n barod. Roedd syched ofnadwy arna i, a'm llygaid i'n drwm.

Pan o'n i'n fach byddai Nain yn fy rhoi i yn fy ngwely fel oedd Z *Cars* yn dechrau ac fel arfer byddwn i'n mynd i gysgu'n ddi-lol. Ond weithiau o'n i'n methu cysgu, yn enwedig yn yr haf, ac os clywn i'r chwislau Protestannaidd 'na oedd yn dynodi diwedd y rhaglen, byddwn i'n cynhyrfu'n ofnadwy; roedd hyn yn groes i Drefn Pethau. Roedd fel hwylio tuag ymyl y byd heb fap a byddai ofn arna i.

Ond mae heno'n wahanol ... Mae bore 'ma'n wahanol ...

Cyflwynais y banad ffres i Rhidian. Roedd o'n dal i edliw, ond roedd tôn fwy cymodlon yn ei lais.

'On i'n gweld ti ddwy waith, dair bob wythnos – ac wedyn wnest ti jest ddiflannu!'

Sylwais am y tro cyntaf 'mod i wedi brifo'i deimladau.

'Doedd o'n ddim byd i wneud â ti – o'n i jest isio stopio yfad am sbel fach – sortio fy hun allan – a gweld fy mam ...'

* * *

Dechreuodd yr awydd i weld fy mam gydio ynof i ryw flwyddyn neu ddwy yn ôl. Ro'n i wedi dechrau meddwl eto am roi cynnig ar fyw yng Nghymru. Ond roedd 'na ryw styfnigrwydd ynof i na faswn i ddim yn cael mynd nes o'n i 'di wynebu petha'n fan hyn gynta. Cau pen y mwdwl fel petai. Cyfarfod â fy mam waed.

Roedd wedi cymryd blynyddoedd imi ddygymod â'r syniad, waeth pa mor flin o'n i hefo 'Nhad ... Ro'n i'n pendilio 'nôl a 'mlaen, gohirio, gwneud esgusodion i fi fy hun ...

'Pam o't ti moyn cwrdd â hi nawr?'

Am 'mod i'n dyheu am fod yn rhan o deulu eto? Na.

Am 'mod i isio profi rhywbeth i mi fy hun? Efallai.

Am 'mod i isio symud ymlaen? Ie.

'A deud y gwir, dwi'm yn hollol siŵr. Efalla mai dyna oedd 'y mhroblam i. Beth bynnag ... ges i wybod lle yn union oedd hi'n byw, 'mond rhyw dair stryd i ffwrdd o lle oedd hi'n byw pan ges i fy ngeni, cofia. Ac wedyn ... fel ti'n gwybod ... dwi 'di bod yn ei gwylio hi ers dros wythnos ... yn trio magu plwc i siarad hefo hi.'

'Ond wnest ti ddim.'

* * *

Naddo.

Yn raddol bach, dros y dyddiau diwetha, dwi wedi sylweddoli nad ydw i isio siarad hefo hi go iawn. Ddim ar hyn o bryd.

Dwi 'di'i gweld hi. Mae'n iach. Mae yn ei phedwardegau. Efallai wna i deimlo'n wahanol mewn blwyddyn neu ddwy – ond am rŵan, dwi'n hapus.

Mae llif y wawr yn strempiau yn yr awyr tua Limehouse. Mae'n addo bod yn fore braf. Mae'n ddeng mlynedd union ers i mi golli 'nhad. Ond dwi wedi gweld fy mam.

* * * * *

Eddie
Dydd Sadwrn, 17 Mehefin 1989

Agoraf lyfr nodiadau newydd. Be wna i sgwennu ar y ddalen lân gynta 'ma?

> Ddoe fu'r Hwngariaid yn ailgladdu'r arweinyddion gafodd eu lladd yn ystod Gwrthryfel 1956, yn codi esgyrn y gorffennol a'u hailgladdu ar gyfer dyfodol mwy anrhydeddus.

Mae'r hen ysfa i sgwennu a chroniclo wedi ailafael yndda i dros y misoedd dwytha, ond fedrwn i ddim sgwennu amdanaf fy hun fel y gwnawn i ers talwm, achos ... wel, achos do'n i dal ddim yn siŵr pwy o'n i ... nac am bwy o'n i'n sgwennu. Ddaeth hi'n haws sgwennu am Eddie. Roedd yn enw fu gen i am gyfnod yn yr ysgol, gan blant oedd yn methu dweud Aled. Ac erbyn deall, dyna oedd fy enw go iawn beth bynnag. (Neu un ohonyn nhw – a gas gen i Graham!) Sgwennais i am Eddie felly, yn hytrach nag amdanaf fy hun. Roedd yn ffordd o gadw pellter oddi wrtha i fy hun ... nes o'n i'n barod.

> Darnau ydan ni i gyd. Does neb yn cael nabod y person cyflawn; dim hyd yn oed ni ein hunain. Mae 'na rai pethau nad ydan ni yn eu cofio amdanon ni'n

hunain ... ac mae 'na bethau eraill sy'n cael eu gwadu
a'u celu gennym.

Fory dwi'n mynd i gael peint hefo Davies. Roedd yn brofiad od
siarad hefo fo ar y ffôn ar ôl cymaint o amser – fel ffonio'r
gorffennol. Erbyn hyn mae'n briod hefo merch o Peckham ac
mae ganddyn nhw ferch fach, Katie. Roedd o'n ymddiheuro nad
oedd o wedi fy ngwahodd i'w briodas:
'Do'n i ddim yn gwbod shwt i gael gafel ynot ti ar ôl i ti
symud.'
Wnes i ymddiheuro iddo yntau am beidio cysylltu ... Ac am
ddiflannu ... Saib bach lletchwith ar y ffôn ... cyn i Davies
ddweud:
'Wel ... wi mor falch fod ti 'di ffono. Sa i 'di dy weld ti ers ache!'
Ac i ffwrdd â ni yn hel atgofion ac yn tynnu coes fel petai
deng niwrnod yn unig wedi mynd dros ein penna ers i ni siarad
ddwytha – nid deng mlynedd.

*   *   *   *   *

Eddie
Dydd Iau, 22 Mehefin 1989

Dwi'm yn siŵr iawn lle dwi 'di bod yn ystod y dyddiau diwethaf.
Hynny ydi, dwi'n gwybod yn union lle dwi 'di bod yn
ddaearyddol, yn gwneud *office clearance* i fyny yn Newcastle ac
yn Preston ac yn danfon y cynnwys mewn fan yn ôl i'r brif
swyddfa yn Llundain. Ond roedden nhw wedi trefnu i mi aros
mewn llefydd gwely a brecwast, a'r rheini sydd wedi gwneud
imi deimlo 'mod i wedi bod mewn rhyw fyd arall, hefo'i reolau
od ei hun.
Dim sŵn ar y landings ar ôl naw o'r gloch y nos.
Rhaid rhannu dy ddefodau boreol hefo dieithriaid, sy'n syllu
fel pysgod i'w powlenni *cereal*.

Rhaid gwrando ar sianeli radio anghyfarwydd lle mae'r cyflwynwyr yn asesu pob diwrnod yn ôl ei bellter oddi wrth waredigaeth y *weekend*.

'*Cheer up, tomorrow's Friday!*'

Ie wir. A rhaid arfer â saim a melynwy yn glynu yn dy geg. Ac yn y llety diwethaf, am ddeng munud i naw, diffoddwyd y radio ar ganol cân. Roedd y tawelwch yn cyhoeddi'n groch: 'Mae brecwast drosodd ers hanner 'di wyth a sgynnoch chi ddim busnas yn loetran yn fa'ma.'

Ac felly o'n i'n teimlo – do'n i ddim isio loetran, ac ro'n i'n falch o gael denig o'na. Roedd y profiad yn teimlo'n arwyddocaol – ond fedrwn i ddim dweud pam. Roedd amrywiaeth gwaith tempio yn arfer apelio ata i ers talwm. Ond efallai fod 'na gliw yn yr enw – peth 'temp' ydi o i fod ...

* * * * *

Eddie
Dydd Sadwrn, 24 Mehefin 1989

Peth anodd ydi nabod dy hun:

> Beth yw'r hunan ond caleidosgop o ddigwyddiadau dethol, sy'n creu myth ac yn creu cof? Sut allwn ni adnabod ein hunain go iawn trwy hynny? Mae fel mapio twyni tywod. Ond mae'n rhaid trio.

Dwi'n dal i weld Rhidian. Mae o'n helpu hefo'r 'mapio'. Aethon ni i'r Clwb yn Gray's Inn Road neithiwr, er mwyn i mi rannu ychydig o'r 'Cymry Llundain *seventies experience*' hefo fo. Soniais fel byddai Eurwyn y barman yn chwarae albyms Abba drwy'r amser, nes inni fynd dros y ffordd i'r Calthorpe Arms. Dangosais iddo lle o'n i bron iawn wedi disgyn drwy'r ffenest wrth sefyll ar y silff i wylio'r sgrin fawr adeg gêm rygbi; a lle o'n i wedi cael gwobr gyntaf am adrodd 'Eifionydd' yn Steddfod y Plant. Roedd cerdded o gwmpas yn ei gwmni yn teimlo fel mynd â hogan adra i gyfarfod â dy rieni.

Aethon ni i'r Calthorpes wedyn, ac roedd 'na ferch ifanc smart yn eistedd wrth y bar yn siarad hefo'r barman mewn llais trawiadol o ddwfn ac mewn Saesneg henaidd o gysáct. Roedd Rhidian wrth ei bodd hefo hi.

'Wi'n credu bod hi'n saith deg o'd mewn gwirionedd ond 'i bod hi wedi gwerthu'i henaid i'r diafol!'

Chwarddais.

'Ti'n meddwl?'

'Bendant. Pan o'dd hi'n llanw'r ffurflen i'r diafol ac yn tico'r holl focsys ynglŷn â *cellulite*, gwallt yn pido gwynnu, bronne'n pido cwmpo ac yn y bla'n, wi'n credu bod hi wedi cyrredd y bocs "llais" ac wedi meddwl, "O, pa wa'nieth am hynny?" Camgymeriad mowr. Dishgwl di arni-ddi ac mae'n ifanc ac yn bert. Ond ca' di dy lyged a gwranda arni-ddi, a ti'n clywed hen fodryb *twin set* a *pearls*, gyda gwynt polos yn ei handbag. Camgymeriad mowr.'

A chododd i fynd at y bar i godi rownd arall. Er mai malu awyr oedd o, ro'n i'n methu peidio meddwl am y *pact* gwirion o'n inna wedi'i wneud hefo rhyw ddiafol hurt ynof fi fy hun – nid er mwyn gwadu amser ... ond er mwyn ceisio gwadu fy ngorffennol.

* * * * *

Eddie
Dydd Llun, 26 Mehefin 1989

Dwi 'di dechrau rhedeg eto, am y tro cynta ers pan o'n i'n chware rygbi. Bydda i'n mynd allan wrth iddi dywyllu. Y troeon cynta ro'n i'n mynd i gyfeiriad y West End, ond mae'n haws sticio i'r Ddinas am bod hi gymaint yn dawelach. Ti ddim yn gorfod arafu na stopio drwy'r amser. Yn y nos, mae'r West End fel fflagon o ddiod pigo sydd wedi'i ysgwyd yn chwyrn ac ar fin ffrwydro. Mae'r Ddinas ar y llaw arall yn fwy tebyg i botel wag. Mor wahanol i sut y mae yn y dydd ... A gwell gen i'r llonyddwch yna. Does fawr neb i'w weld. Ambell *trader* sydd wedi bod yn dathlu, â rhyw ansicrwydd meddw yn ei gerddediad. Ambell grŵp o dwristiaid yn dilyn eu tywysydd a'i ambarél yn yr awyr, ar drywydd ysbrydion. Sŵn f'anadl a sŵn fy nhraed ... a'r traffig yn y pellter.

Dwi'n teimlo'n well na dwi 'di'i wneud ers blynyddoedd. Mae fel 'sa'n hanner i 'di bod ar goll. Yn rhedeg yn rhydd fel *doppelganger* ... ond mae'r 'fi' ifanc yn ôl, dwi'n meddwl. Mae Aled yn ôl. Gyda'i frwdfrydedd bachgennaidd a'i awydd i newid pethau er gwell.

* * * * *

Eddie
Dydd Sadwrn, 15 Gorffennaf 1989

Dywedodd fy nhad ryw dro fod y ddinas fatha corff, yn treulio'i phobl a'u hysgarthu. Mae 'na theori, medda fo, na fedar teuluoedd bara ar y brig am fwy na rhyw gan mlynedd yn Llundain. Roedd teuluoedd mawr y canol oesoedd, fel Whittington a Chaucer, wedi diflannu i bob pwrpas erbyn cyfnod y Tuduriaid, ac mae'r patrwm wedi ei ailadrodd dro ar ôl tro, ar hyd y canrifoedd, medda fo. Mae'r teuluoedd 'ma fel tasan nhw'n sbydu eu hunain ym mhrysurdeb Llundain. O ganlyniad, mae'r ddinas yn dibynnu ar ei gallu i ddal i ddenu teuluoedd newydd, fatha'n teulu ni, er mwyn cadw i fynd.

Ac nid yn unig teuluoedd newydd, ond hefyd pobloedd newydd. Mae'r capeli'n cau ond mae mosgiau'n agor yn eu lle. Y busnesau llaeth yn darfod, a'r têc-awês Thai yn ffynnu. Dyna ffordd Llundain. Efallai fod awr fawr y Cymry yn Llundain yn dod i ben. (Neu un ohonyn nhw beth bynnag; mae'r Cymry wedi bod yn llewyrchus fwy nag unwaith o'r blaen, yn oes y Tuduriaid ac ar ddiwedd y ddeunawfed ganrif.) Ac efallai y daw awr arall i'r Cymry fynnu eu lle ar lwyfan Llundain ... ond fydda i ddim yno.

Dwi 'di penderfynu. Hanes oedd pwnc 'y nhad, a dwi 'di cael lle i studio Hanes Cymru ym Mangor. Dwi 'di drifftio'n hunandosturiol yn rhy hir. Deng mlynedd o *lost weekend*. Fel Ynys Gwales ond o chwith; yn ymdrybaeddu am flynyddoedd yn fy ngwae fy hun cyn agor y drws. Mae'n bryd imi bellach fynd i'r afael â rhywbeth newydd. Ac er ei bod hi'n eironig mai 'hanes' ydi'r peth 'newydd' hwnnw, uffar o ots gen i. Dwi am ei gofleidio 'run fath. A'i fabwysiadu. Cynnau perthynas newydd 'ar hen aelwyd'.

* * * * *

Eddie
Dydd Sadwrn, 30 Medi 1989

Roedd hi'n wyntog. Gwynt Williams Parry.

Cymer i fyny dy wely a rhodia, O Wynt.

Gwynt oedd yn codi llwch ac yn peri i bobl hanner cau eu llygaid ar y stryd, wrth i'w cotiau a'u sgertiau droi'n hwyliau a'u gwalltiau'n faneri. Ac eto mae pawb yn teimlo'n fwy bywiog wrth ruthro o le i le, a'r coed planwydd ar strydoedd Llundain fel tonnau gwyrdd yn rhuo uwch eu pennau, a sŵn y dail yn uwch hyd yn oed na grŵn parhaus y traffig.

I gyrraedd gorsaf Euston, rhaid gadael y stryd a cherdded heibio blociau swyddfeydd sy'n wydr i gyd. Petai rhywun yn pasio'r diwrnod hwnnw, efallai y byddai wedi sylwi ar ddyn hefo bag, yn syllu ar ddyn arall hefo bag yn y gwydr, a'r ddau'n cydgerdded i gyfeiriad y trên ...

Edrychai Eddie ar ei rith yn y ffenest. Ai Aled ... ynteu Eddie ... oedd yn syllu'n ôl, gan wenu'n ddirgel arno? Roedd y ddau'n dal i gerdded, yn cydgerdded yn berffaith gyda'i gilydd. Wrth ddynesu at y drws i mewn i'r orsaf, cododd Eddie ei fys yn sydyn, a saethu'r adlewyrchiad. Diflannodd yr adlewyrchiad wrth i Eddie basio drwy'r drws, ac i mewn â fo i'r stesion. Chwythodd lawr baril ei fys, cyn sodro'i law yn *holster* ei boced.

Edrychodd o ddim yn ôl. Cerddodd ymlaen dan y cloc, yn gyfan unwaith eto. Oedodd o ddim gyda'r dorf o dan yr hysbysfwrdd enfawr. Chododd o mo'i lygaid er mwyn gwylio'r enwau llefydd yn cael eu shyfflo fatha gêm *poker*. Anelodd yn hytrach am blatfform 15. Gwyddai fod trên gogledd Cymru yn aros amdano yn fanna.

Y *Diwedd*

Diolchiadau

Ffuglen bur yw naratif y nofel hon a'r cymeriadau i gyd yn ddychmygol – ond mae llawer o'r hyn a ddisgrifir ynddi wedi digwydd go iawn! Diolchaf i'm teulu a'm ffrindiau am gael ailadrodd rhai o'r straeon a gefais ganddynt, ac am gael ailweithio rhai o'r profiadau a rannwyd gennym. Diolch yn bennaf i fy mam a 'nhad, a hefyd i'm ffrindiau o Glwb Cymry Llundain: David Evans, David Williams ac Evan Williams.

Diolch i'r beirniaid sydd wedi darllen drafftiau cynharach o'r nofel – Meg Elis, Robin Llywelyn a'r diweddar Hywel Teifi, ac yn fwy diweddar, Mari Emlyn, Manon Steffan Ros a Jerry Hunter. Dwi'n ddiolchgar iddynt oll am eu sylwadau caredig a'u hanogaeth. Diolch hefyd i Ian Rowlands am ei sylwadau adeiladol, a'm gwraig, Bethan. Bydd y rhai sy'n gyfarwydd â gwaith Peter Ackroyd yn gweld dylanwad y naratifau deuol sydd yn sawl un o'i nofelau Llundeinig – ac wrth gwrs ddylanwad ei gofiant i Lundain ei hun; diolch iddo.

Diolch i Nia Owain am awgrymiadau meddygol; ac os ydw i wedi anghofio unrhyw un arall sydd wedi cyfrannu mewn rhyw fodd, maddeuer i mi am beidio â'u rhestru yma. Gan fod y nofel yn bodoli mewn gwahanol ffurfiau ers 2001, mae'n anodd cofio pob dim!

Yn olaf, diolch i Wasg Carreg Gwalch, y dylunydd Sion Ilar, a'r golygydd Nia Roberts am eu gwaith glân a thrylwyr wrth baratoi'r gyfrol – os erys unrhyw fân frychau, fi biau'r rheini.